林黛玉的異想世界

——紅樓夢論集

朱嘉雯 著

序

美人的心思

蒙娜麗莎的微笑，四百年了，歷來多少詩人、藝術家陷入這古典式幸福嘴角的漩渦，不知所終。我們時常凝視著它，卻仍對它秋水般無盡的底蘊一籌莫展。達文西本人也是如此，為了捕捉一瞬間的神韻，花了整整四年的時間，每一次的提筆與放下，都是藝術家在技法和表現力之間緊張的拉鋸與徘徊。然而，四年過去了，作品仍未告罄。面對這無可爭議的偉大藝術家，在他下筆的時刻，那微微翹起，矜持而又迷人的唇，究竟隱藏了多少甜蜜？多少苦痛？或者幸福正是一把正反對照的風月鑑，苦澀的生活裡，未嘗沒有一絲甘美的回憶。人們享盡了畢卡索那樣對女人充滿了激情的迷戀之後，終究得回過頭來，靜靜地凝視這朵微微上翹的嘴角，由衷地感受到它為人間情愛種種，帶來了無盡的寬慰。

林黛玉的淚眼，兩百年了，傳奇的問世曾經越過多少禁忌的崇山峻嶺。那一雙朦朧訴說著往事惆悵的眉眼，是曹雪芹心血的結晶。我們從七種古鈔本中，看到他推敲斟酌的痕跡，從籠煙眉、蹙蛾眉，到罥煙眉；從多情杏眼，到似喜非喜含情目……，最後終於在冰雪琉璃世界的蘇聯列寧格勒舊藏鈔本中，遇見了那一行極好

的小字行書：兩彎似蹙非蹙罥煙眉，一雙似泣非泣含露目。「罥煙」是古畫裡描寫雨後遠山為雲霧水氣纏繞、牽掛的氤氳之美；含露，更富有淚光點點的詩意。作家曾傾注多大的心力，傳寫林黛玉的神態，只有他自己能體會創作過程中的苦與樂。只是十年辛苦之後，情猶未了，人已撒手，而作品仍未告罄。

那些美好的殘畫與殘稿啊！寫盡了女人的眼，畫出了女人的唇，而唇與眼之間，究竟蘊含了多少作家對女人的愛慾情愁，故事的本身怎說得清？所幸在後世閱讀進程裡，看似靜止的古典美人，個個都潛在著激烈湧動的情欲活力。後代人從古畫與古書中透視了才子佳人生生世世的愛情故事，那是因為在看似平靜的現代生活潮汐裡，在一切喧囂背後的日常況味底層，隨時隨地也都有紊亂、縱情的可能。生命的混沌原是挾泥沙俱下的，在純情與世故、正派與墮落、情與淫之間……，我們每個人都是德的化身，也是欲望的載體。於是我們在庸常瑣碎的生活中，看懂了文學，貼近了藝術。

閱讀是自我覺醒的起點，讀者才是欲望的主體，我們以自己的理由和期待參與敘事，在我們眼中的蒙娜麗莎和林黛玉，都與我們自身疊影，在一幕幕唇與眼的想像中我們讀到了自己。古典美人的體內潛存著現代人的靈魂，而靈魂沉睡在書頁裡，歷經了歲月悠悠，美人遲暮了，直到我們翻開泛黃的畫冊，掀起斑駁的扉頁，才將自己從每一個消磨的日子裡超拔出來，通過文學和藝術合力修築的翠蔭蔭的人生隧道，重新摸索著人性憂鬱與陰暗的本質。也許在不久的將來，還能重新看見幽謐的烏雲背後，逐漸透出希望的晨曦。

目錄

百年孤塚葬桃花

——曹氏祖孫的告別美學

一、兩番葬花的心情表述

《紅樓夢》裡描寫葬花的場景，主要有三次。第一次是在第二十三回「西廂記妙詞通戲語，牡丹亭豔曲警芳心」，那是賈寶玉等人剛搬進大觀園後不久，時間是「三月中浣」，主角是寶玉和黛玉，葬的是桃花。這次的葬花因在濃郁的春光裡，寶、黛沉浸於《西廂記》的妙詞戲語，因而得到了愛情的啟發，於是大膽地表白了心中的愛慕之情。這一次的葬花，是在漫天飛舞著落英的桃花林間，共讀西廂，同譜愛曲。雖然有一點口角，但是氣氛是甜蜜而浪漫的。

至於第二次葬花的情景則與第一次大相逕庭。這次的時間是「四月二十六日，原來這日未時交芒種節。尚古風俗：凡交芒種節的這日，都要襬設各色禮物，祭餞花神，言芒種一過，便是夏日了，眾花皆卸，花神退位，須要餞行。」這一次是黛玉獨自葬花，

而且葬的落花不只一種，有「許多鳳仙石榴等各色落花」。黛玉悲傷欲絕的〈葬花詞〉使這場景充滿了傷春悲秋的氣氛。以致寶玉聽到「儂今葬花人笑癡，他年葬儂知是誰」，「一朝春盡紅顏老，花落人亡兩不知」等句時，不覺慟倒山坡之上。脂硯齋曾三閱其詩，而「舉筆再四，不能加批」，因為他也為此情此景而「淒楚感慨」、「身世兩忘」了。

這首〈葬花詞〉不儘道出林黛玉「眼淚還債」的宿命，同時還令人感到一股抑鬱不平之氣。她說：「柳絲榆英自芳菲，不管桃飄與李飛」，便是寄託她對世態炎涼、人情冷暖的憤懣。「一年三百六十日，風刀霜劍嚴相逼」，也正道出她寄人籬下的處境。詩中又云：「願儂脇下生雙翼，隨花飛到天盡頭。天盡頭，何處有香丘？未若錦囊收艷骨，一抔淨土掩風流；質本潔來還潔去，強於污淖陷渠溝。」則表現出她在追求幸福而不可得時，不甘屈服的孤傲性格。這雖是林黛玉感歎身世的哀音，

三月中浣時節，寶、黛共讀《西廂》，打開了生命中愛情的詩篇。

卻也是《紅樓夢》作者塑造此一人物藝術形象與性格的重要詩篇。在風格上是仿傚初唐的歌行體，內容則為女主人公對長期壓迫她的冷酷現實發出控訴之音，其思想價值也正在於此。

二、葬花儀式與文人情調

　　《紅樓夢》的十二金釵以林黛玉為首，她的「葬花」一事，作者描繪尤為出力。然而作者以「葬花」作為一種「告別儀式」，是根據個人經驗？抑或前有所本？首先，就此儀式行為而言，明代唐寅即曾有之。《六如居士外集》卷二有云：

「葬花」做為一種「告別儀式」，是根據個人經驗？抑或前有所本？

> 唐子畏居桃花庵。軒前庭半畝，多種牡丹花，開時邀文征仲、祝枝山賦詩浮白其下，彌朝浹夕，有時大叫痛哭。至花落，遣小（平）一一細拾，盛以錦囊，葬于藥欄東畔，作落花詩送之。

我們再看《紅樓夢》第二十三回寶、黛葬花的細節：

> 卻是林黛玉來了，肩上擔著花鋤，花鋤上掛著紗囊，手內拿著花帚。……那畸角上，我有一個花冢。如今把它掃了，裝在這絹袋裡，埋在那裡，日久隨土化了，豈不乾淨。

再看第二十七回寶、黛分別來到花塚前行吟悲歎：

> 一直奔了那日同黛玉葬桃花的去處來。……只聽那邊有嗚咽之聲，一面數落著，哭得好不傷心。

我們逐字參較，便可發現，林黛玉和唐寅的葬花在「精神」上若合符節。唐六如曾「大叫痛哭」，林黛玉則有「嗚咽之聲」，而且「哭得好不傷心」。唐六如以「錦囊」盛花，林黛玉便以「紗囊」、「絹袋」為之。唐寅葬花於「藥欄東畔」，林黛玉則葬之於「畸角上」的「花冢」。

從悠久的歷史中我們經常發現，許多藝術作品都有模仿現實世界特殊事物或互相具有共同特徵的表現。西方對這種現象自柏拉圖的《理想國》起，就有所謂「再現美學」（Representation Aeathetics）的討論。在此學派中強調，創作摹本的過程之所以能夠發生，主要由於藝術家以他的眼睛和心靈看到了現象背後某種潛藏的理想性或理念，於是他們用雕塑、繪畫、寫作……等手法，將其轉換為視覺藝術形式，以「再現」美的理想。無論說「模仿」或「再現」，其使我們感興趣

的地方都在於相似性的藝術作品之間所存在的關係，亦即再現藝術作品的目的，及它與原型之間在讀者心目中所引發聯想的因素。

英國哲學家安妮‧謝波德（Anne Sheppard）曾說：「再現完全是一個慣例問題。」安妮的意思是，再現藝術存在的基礎在於各系統符號之間的類比。此即言，因有文化符號之形成慣例，再現藝術才特具意義。因此「葬花」之作為一種再現藝術，吾人就必須試圖體會從唐寅、曹寅到曹雪芹之明清江南時空背景下文人的思想及生活形態，俾使我們瞭解其藝術再現的原因。

明代以來，文人的理想生活體現在細柔清淡的吳趣品味上。

三、閒適優雅的蘇意生活

中國傳統知識分子多以求取功名作為生命的第一志業，但因明代以來知識分子的數量相較於以往激增許多，所以大部分的文人無法謀得一官半職。在此情況下，深具晚明時代特色的「山人文化」便逐漸興起。讀書人面對治世理想無法伸展，以及種種生活壓力，遂都期

待成為如山人、名士般受到仕宦階層或文藝名家的歡迎，並期許其作為另一種出路的可能。而這些文人所營造出的品味氛圍，以及所展現的生活形態成為明代以來一般讀書人所憧憬的理想文人典型。其間某些生活品味遂為文人所複製，以傳達其理念，並進而形塑自我的生活與生命價值。例如從晚明的吳派畫作中，我們不難在色彩的瀰漫與融合間，體驗到一種細柔輕淡的蘇州品味。這種細柔輕淡的蘇州品味，在與蘇州文人生活結合之後，也正是一種吳趣氛圍的具體呈現。

唐寅和林黛玉都是蘇州人士，他們的行為呈現出吳地風格：細柔簡淡的氛圍感，其實就是晚明藝術風味與蘇州文人的文化情調，同時也是蘇州文學涵詠於閒適、優雅生活情韻的具體寫照。在蘇州文化生活廣為其他地區學習、談論的同時，「蘇州文人」也成為理想的文人典型。他們擁有「蘇意」、「吳趣」的品味，同時也就擁有了近於理想文人的生活雅意。

在明清社會裡，士人所遭遇的巨變：一方面來自士商逐漸地融合；另一方面則是增加了許多生員，使文人階層的人口突然擴大許多，並從中發展出深具其時代特色的士人文化。而晚明時期倍受矚目的蘇州趣味，正因富有雅趣與精緻的典型，因而在各種類書、小品文章與畫作的大量印刷傳播之下，成為全國普遍風靡的生活方式。至此「雅風」與「蘇趣」已從文化人的獨特行為風貌，進而成為江南人普遍認知與追求的理想生活。

然而無論文化如何發展，生命本身具有與自然對話、同宇宙溝通的傾向。明清文人在自家園林尋求人與天地山川聯繫的渠道，從唐寅的桃花庵，到曹寅的楝亭，以及曹雪芹筆下的大觀園，均可以文人的

基本需求視之。此間文人雅聚與美學再現的景況，則是作家以自己的創作舒展內心情志，在宣泄中感到怡悅和富有情調，同時也感染其他欣賞者共同從品賞中獲得靈感，進而再創造。因此，藝術價值的生成有多樣性的特點，從個人、社會，到歷史與倫理，其間最普遍的意義是審美意趣。審美價值的生成包括兩個過程，一是接受，二是創造，只有二者的互相補充、互相促進的機會建立起來，才能形成高品味的循環。

從唐寅的桃花庵，到曹寅的棟亭，以及曹雪芹筆下的大觀園，文人雅聚的美學再現與文本互涉，經常與作家個人的身世感懷密切相關。

四、揚州舊夢與秦淮風月

至此我們可以再回過頭來看曹氏祖孫的葬花告別美學。曹寅於康熙四十年左右，寫下一首有關「葬花」的〈題柳村墨杏花〉：

> 勾吳春色自荼蘼，多少清霜點鬢華。省識女郎全疋袖，百年孤塚葬桃花。

曹寅自幼即為康熙所重，一生春風得意，看似無憂無慮。然而《棟亭集》卻始終隱含著有志難伸的不材之鬱。曹寅之鬱，大致可分為兩方面來看。首先是他所遇到的中國古代知識分子在入世與出世之間的猶疑。根據劉上生的考證，曹寅初時任職侍衛，屬於武官。而康熙二十三年平定三藩之後，許多武臣便難有施展的機會。此一「遇合」、「際會」的問題，曾令多少文化人抑鬱難平！

　　然而曹家更有一根本的限制便在其包衣奴僕的身分，在制度上一開始就規定了許多年輕人的人生道路。他們終身為皇室服役，被排拒於科舉功名之外。因此無法進入朝廷走正常的仕途。如此羈囚之悲與籠籠之苦，在在出現於曹寅乃至於納蘭性德等同屬內廷御前侍衛者的筆下。

　　其次，康熙十七年春，曹寅因奉旨南下江浙，在揚州的某次樓船酒宴中，邂逅了一位美麗的歌女，兩人互訴情衷，因此曹寅寫下了第一首愛情詩〈夢春曲〉，將青春生命所面對的幸福與時間的壓迫表現在歡樂如夢一般短暫的詩作內容中。康熙四十三年，他奉旨赴揚州主持刊刻《全唐詩》與《佩文韻府》，再度來到隱園。此間有〈征歌〉一首感歎愛情的短暫與悲劇性。由於曹寅「家於南京，宦於京都」，又兼身為包衣，為效皇命，往來奔波，如此身不由己的處境，為他的愛情帶來了坎坷與艱辛。中年後再遊舊地，眼看吳地春色依舊，詩人卻已老邁，而他當年認識的歌舞女郎，如今已長眠於孤塚。此後他在詩作中常以物我之對與今昔之別以懷想「揚州舊夢」與「秦淮風月」，並藉以抒發少年時代未完成戀曲的遺憾。同時也曾著力描寫愛人的神態，將所愛女子的眉之顰蹙、喜淺愁深刻劃得令讀者為之黯然

神傷。此後《紅樓夢》寫顰卿的性格命運或有借鑑於此。

曹寅擅於描摹女性的工筆技巧，以及嘆息歡愛稍縱即逝的落寞惆悵，融合了江南文人詩詞書畫裡的意緒纏綿。而他惘然的生命情調，也承襲了晚明以來文士的生活美學，特別是將吳地春色，題詩入畫，慨然詠嘆：「百年孤塚葬桃花」，藉以悼念那曾經屬於自己的青春與愛情。

五、青春年華的最後一程

大觀園裡的第三次葬花則是所有以此儀式為「告別美學」之最臻極致的表現。這是發生在清明剛過，賈寶玉生日這一天。寶玉與眾多姑娘們划拳喝酒之餘，香菱、芳官等人便在園內鬥草。這一個說：「我有觀音柳」，那一個說：「我有羅漢松」。這一個又說：「我有君子竹」，那一個又說：「我有美人蕉」。這個說：「我有星星翠」，那個又說：「我有月月紅」。這個又說：「我有《牡丹亭》上的牡丹花」，

香菱

大觀園裡的第三次葬花，發生在清明剛過寶玉生日時。這一次的女主角是恰好來到園內鬥草的香菱。

齡官

寶玉在自己生日這一天，親手將象徵女性青春的花朵以儀式性的手法埋葬，暗示了大觀園裡的歡笑即將天涯飄零的悲劇宿命。

那個又説：「我有《琵琶記》裡的枇杷果」。接下來荳官説：「我有姐妹花。」眾人一時沒了聲音，香菱便説：「我有夫妻蕙。」荳官説：「從沒聽見有夫妻蕙。」香菱告訴她：「一箭一花為蘭，一箭數花為蕙。凡蕙有兩枝，上下結者為兄弟蕙，有並頭結花者為夫妻蕙。我這枝並頭的，怎麼不是。」沒料到香菱一番老實的解釋卻惹來荳官的取笑：「依你説，若是這兩枝一大一小，就老子兒子蕙了。若兩枝背面開的，就是仇人蕙了。你漢子去了大半年，你想夫妻了，便扯上蕙也有夫妻，好不害羞！」兩人遂滾到草地上打鬧，並弄污了香菱的新裙子。之後寶玉拿出一枝並蒂菱來對香菱的夫妻蕙，看見香菱的裙子污濕了，怕她回去不好交代，便囑意讓襲人拿自己的裙子來給香菱換上。書中接著寫道：

> 香菱見寶玉蹲在地下，將方才的夫妻蕙與並蒂菱用樹枝兒摳了一個坑，先抓些樹枝來鋪墊

了，將這菱蕙安放好，又將些落花來埋了，方撮土掩埋平
服。香菱拉他的手，笑道：「這又叫做什麼？怪道人人說你
慣會鬼鬼祟祟使人肉麻的事。你瞧瞧，你這手弄得泥烏苔滑
的，還不快洗去。」寶玉笑著，方起身走了去洗手，香菱也
自走開。

　　這一次的葬花，由於將過程描寫得十分具體，因而更具儀式性。
護花主人在此評道：「寶玉埋夫妻蕙、並蒂菱及看平兒鴛鴦梳妝等事
是描寫『意淫』二字。」而除了「意淫」之外，更深的含意是寶玉在
生日這一天，懷著虔誠的心，親手將象徵眾姐妹青春生命的花朵用
非比尋常的儀式性手法給予埋葬。它不僅暗示了香菱不幸的結局。
同時藉由最珍惜女兒的寶玉之手，送眾姑娘們走上青春年華的最後一
程。從此之後，大觀園中再也見不到女兒們掣花籤、開夜宴的歡樂
場景。「壽怡紅群芳開夜宴」竟成了大觀園女兒們青春歡樂的絕響。

六、葬花之情餘波蕩漾

　　繼《紅樓夢》之後的葬花餘緒，可以清末民初「鴛鴦蝴蝶派」小
說，徐枕亞的《玉梨魂》為代表。此書顯然是受《紅樓夢》的影響與
啟發。女主人公夢霞以寡婦的身分而追求愛情，眼見「委地之花，永
無上枝之望」，因而「荷鋤攜囊而出，一路殷勤收拾」，卻又忽猛省
道：「林顰卿葬花，為千秋佳話。埋香塚下畔一塊土，即我今日之模
型矣。前事不忘，後事之師，多情人用情固當如是。」

徐枕亞在中國文學步入近、現代之交，運用「葬花」的再現美學來延續並開展其小說新意，同時也說明藝術再現之作為文化慣例的存在，它的意義已經超越了文學本身。明清以來，江南文人以葬花作為告別青春與愛情，自傷身世與不遇的象徵性儀式，並且不斷地揮灑再現的意趣，使我們認識到那些配合藝術再現的文化符號是如何地為作者們所運用與創發，藝術作品遂由此而激起讀者解讀過程中，以歷史上前後作品相互系聯為樂的閱讀旨趣。「葬花」作為告別美學，在明清以降詩詞小說中一再地被接受與摹寫，便是一具體例證。

明清之際，江南文士以葬花作為告別青春與愛情，自傷身世與不遇的象徵性儀式。

林黛玉的異想世界

琴觀／情關

——林黛玉的音樂與愛情

一、琴絲／情思

《紅樓夢》第八十六回「受私賄老官翻案牘　寄閑情淑女解琴書」中，賈寶玉因襲人提及「心愛的人」，一時觸動心弦，逕往瀟湘館走來。只見黛玉靠在桌上看書，而書上的字，他一個也不認得。「有的象『芍』字，有的象『茫』字，也有一個『大』字旁邊『九』字加上一勾，中間又添個『五』字，也有上頭『五』字『六』字又添一個『木』字，底下又是一個『五』字……。」這裡賈寶玉所看到的是琴譜上的音調指法。以古琴形制而言，從琴面較寬的琴首一端數來，共有十三徽。而琴面上依序由外向內，由粗而細，則有七弦。彈琴指法上，右手部分有大指的托、擘，食指的挑、抹，以及中指的剔、勾，加上名指的摘、打……等三十多種。左手部分的按弦法，則分別以大指、食指、中指、名指之吟、猱、綽、注為主。

《紅樓夢》第八十六回「寄閒情淑女解琴書」寫林黛玉撫琴。

減字譜是用漢字減少筆畫的方法，將左右手的指法及音位等相關說明文字，減省筆畫後再加以組合而成的一連串符號。

是以古琴字譜常以指法譜標示，亦稱為「減字譜」。這是用漢字減少筆畫的方法，將左右手之指法及音位等相關說明文字，減省筆畫後，組合而成。因此林黛玉為賈寶玉解釋他所看到的「並不是一個字，乃是一聲」，用左手大拇指按琴上的九徽，而右手勾五弦。

中國古琴的譜式，遲至漢魏之交，已有文字譜的創立。現存之《碣石·幽蘭》，便是陳、隋之間隱士丘明（西元494-590年）所傳，經唐人手抄的文字譜晚期形式。它是一種完全用文字來記錄演奏手法的琴譜，因而在閱讀上較為複雜和繁瑣，所謂：「其文極繁，動越兩行，未成一句。」於是，隋唐之間產生了較為簡便的減字譜體系，將漢文減省筆畫以組成彈琴指法。此類古琴音位記譜法的完成，歷史上歸名於音樂家曹柔。減字譜的創發被譽為「字簡而意盡，文約而音該」，從而使得唐代著名琴家陳康士、陳拙等人得以據此大量創作並記錄琴譜，流傳後世。

（一）大旨談情

　　説明識譜後，繼而談及琴理。林黛玉道：「琴者，禁也。古人制下，原已治身，抑其淫蕩，去其奢侈。」這一段話標舉出秦漢以來，儒道以琴體現人格的理性實踐。漢代桓譚《新論・琴道》有云：「琴者禁也，古聖賢玩琴以養心，窮則獨善其身，而不失其操，故謂之『操』。」事實上，自孔門至伯牙以降，琴道有漸漸進入以悲愴意識為本質的趨向。《樂府題解》中記載伯牙學琴，必待移情於大海孤島之絕境中，方能靜心體會到文明禮教對人心的異化。於是進而在宇宙自然中，以反璞歸真的心態，進入生命層次與生存處境的原始探求。這也正是漢代蔡邕《琴操》所云：「昔伏羲氏作琴，以禦邪僻，防心淫，以修身理性反其天真也。」琴學成為君子於濁世中養心修性的進路，於是「操」之作為曲名，便意味了窮困之人不願隨世俯仰，與世同濁，而獨標高格的節操。事後林黛玉以〈猗蘭〉、〈思賢〉兩操和韻以自況，也就足以説明她

若要彈琴，必擇靜室高齋，或在層樓上，或在林石間，或在山巔上，或在水涯間，於風清月朗之際，靜心養性。

文人自來只在遇知音，逢可人，對高士，處高堂，與山水契合，同知音交心的清雅環境中，才願以雅樂自娛娛人。

在賈府中的精神煎熬，猶如大海中的孤島。既無法積極開創新局，只有禁制人格之淪於僻邪，以保持清淳本樸的人生境界。

林黛玉說：「若要撫琴，必擇靜室高齋，或在層樓的上頭，在林石的裡面，或是山巔上，或是水涯上，在遇著那天地清和的時候，風清月朗，焚香靜坐，心不外想，氣血平和，才能與神合靈，與道合妙。」古琴作為文人靜心養性的音樂，自有其清高的雅趣。林黛玉的一套琴論，符合《重修真傳琴譜》中明代楊表正所謂「十四宜彈」之說。因古琴演奏之雅趣，貴在琴人獨處自娛，或與一二知音惺惺相惜。因此自來有：「遇知音，逢可人，對道士，處高堂，升樓閣，在宮觀，坐石上，登山埠，憩空谷，遊水湄，居舟中，息林下，值二氣清朗，當清風明月」等強調以清高自詡，與山水自然合契，同知音交心等演奏環境。

林黛玉對賈寶玉的琴教，實際上並不與《紅樓夢》「大旨談情」之全書基

調須臾或離。書中運用纖細靈巧、雅俗折衷之同音雙關語處理琴與情的關聯性，早已達到每令讀者興起語意繁複神妙，與寄意幽微深長之慨。因而林黛玉的「琴觀」，即成為我們觀察其「情關」的重要視角之一。以「琴」疏論，彈琴者的心性自有其清雅孤高，而對聽琴者的要求，則是絕對的知己。此二者在林黛玉的情性與情觀中，都能形成最具體的相應。前者證諸其詩才，則有更顯明的映照。林黛玉作詩，向來以藝術家的執著，盡情追求完美。不似薛寶釵，雖博學多才，卻懂得收斂鋒芒與圓滑處世之道。林黛玉之不掩其才，魁奪詩社，造成她孤芳自賞、目下無塵的客觀形象。〈問菊〉詩云：「孤標傲世諧誰隱，一樣花開為底遲？」最能展現其清高與輕俗的性格。而這樣的品行又適足以使其成為《紅樓夢》這一部芸芸眾生大書中，唯一能夠撫琴的雅士。林黛玉的孤芳自賞、與人群隔離，不僅表露於論琴與詩才，同時亦與絕俗的生活意境，互為表裡。看她出門前交代紫鵑的話：「把屋子裡收拾了，下一扇紗屜。看那大燕子回來，把簾子放了下來，拿獅子倚住，燒了香，就把爐子罩上。」（《紅樓夢》第二十七回）林黛玉沉酣於意境的高藐情懷，在《紅樓夢》中，經由詩、琴、藥、香散發出來，愈發使人感受其幽僻與絕塵。是故，從人物形象由內而外的整體塑造，到以諧音探討雙關語意之間的聯繫，以至全書大旨深入闡發。設若後四十回為高鶚所補的說法成立，則續書人以「解琴」一文進一步追索林黛玉的情觀與情關，已可謂得原著之三昧。

（二）意淫與玩世

寶黛既以知己之情立足於人世，則他們的情觀與思想意識，有時互相包容涵蓋，有時則互為補充。當林黛玉述及琴理時，她說：「若

賈寶玉的至情至性，發揮在「玩」
字上，拓展出了新的意境。

必要撫琴，先須衣冠整齊，或鶴氅，或
深衣，要如古人的儀表，那纔能稱聖人
之器。然後盥了手，焚上香，方纔將身
就在榻邊，把琴放在案上，坐在第五徽
的地方兒，對著自己的當心，兩手從容
抬起：這纔身心俱正。還要知道輕重疾
徐，卷舒自若，體態尊重方好。」寶玉
似乎對於這套古人靜心養性的說法有所
退拒：「我們學著玩，若這麼講究起
來，可就難了。」在賈寶玉浪漫的人文
情懷中，宗法與體統是他亟欲抗衡的洪
水猛獸。他以天生「重情不重禮」的反
「理」性格，為蔣玉菡和金釧承受不肖
種種的笞撻；又因「物」為人之性情所
用，而充分尊重個性自由，因而對晴雯
撕扇發出「千金難買一笑」的豪語。他
將大觀園裡的生活，變成了無須晨昏定
省的悠閒自由天地，和姐姐妹妹們讀書
寫字、彈琴下棋、吟詩作畫，乃至於描
鸞刺鳳、鬥草簪花、低吟悄唱、拆字猜
枚……等無不有趣，其原因便在於掙脫
了傳統道德倫常的禁管。尤有甚者，
賈寶玉對於「玩」之一字，自有其心

領神會。第二十回，過年期間，寶釵、香菱、鶯兒和賈環趕圍棋擲骰子玩。賈環連輸了幾盤之後，竟耍賴起來。被鶯兒搶白一陣，又惱羞成怒，哭著撒野。適時寶玉經過，看著不像話，大約也再次證明了男子是濁物的論點，於是上前一頓教訓：「大正月裡，哭什麼？這裡不好，到別處玩去。你天天念書，倒念糊塗了。譬如這件東西不好，就捨了這件取那件。難道你守著這件東西哭會子就好了不成？你原是要取樂兒，倒招的自己煩惱。」

　　賈寶玉至情至性地認為，凡讀書明理之人，切忌將原本極有樂趣的事情，轉成了不好玩的下場。他因為懂得玩，所以和林黛玉一同閱讀《會真記》；因為通達於享樂的真理，於是在晴雯撕扇子的時候，笑道：「撕得好，再撕響些。」他的興趣是廣泛的，所謂「意淫」，即指其情意氾濫，癡情也含有越禮、乖張、反對禮教禁錮的成分，也就是魯迅所說的「愛博而心勞」。於是賈寶玉將世情與學問總括為體驗情感與抒發情懷。捨此，則都是缺乏真性情、沽名釣譽的反人文作態。所以，無論彈琴、下棋、擲骰子，都在追求「遂己之欲」與「達己之情」。對賈寶玉而言，彈琴若強調聖人遺訓而不敢稍有忤逆，那不僅是將原本好玩的事變成了不好玩，違反了他的生活態度；同時也使之成為「窒欲」、「反情」的舉動。這裡和黛玉造成的對話空間在於，寶玉情感的廣度與愛的泛溢，如果更以好玩為其依歸，那麼黛玉所感受到的將是危機和不幸。原來林黛玉的處境，並不容許以好玩為前提，來談情愛。她以生命孤注一擲的方式，追求愛情。其專一而深情的態度，面對寶玉的愛博，從而使得他們在共同的人生旨趣為基礎的愛情道路上，拉開了一段看似若即，實有若離的間隔。林妹妹一

心只在琴／情上，寶玉終究還是笑道：「聽見妹妹講究的叫人茅塞頓開，所以越聽越愛聽。」林黛玉也就隨之發出了內心的慨歎：「只是怕我只管説，你只管不懂呢。」

（三）閑情偶寄

《紅樓夢》第八十六回裡，林黛玉因「前日身上略覺舒服」，便在大書架上翻看一套琴譜，漸漸地為其琴理與雅趣所吸引，適巧賈寶玉來問，也就順勢闡述了一番琴學。末了賈寶玉怕累壞了林黛玉，然而黛玉卻不以為意：「説這些倒也開心，也沒有什麼勞神的。」這是回應了回目所云：「寄閑情」的精神狀態。她此時的思想感情乃與撫琴者之憩、遊、居、息以寄托高人雅士之閑情韻致，若合符節。古來琴人，必以超世絕俗之情態，與清新雅淡的才華，將巧妙的靈思賦予琴操。其目的就在於展現一「閑」字。而「悠閑」作為一套理論，直指東方哲學最高境界的崇尚。中國人接受了西方機械與物質文明的移植，逐漸以匆忙的生活步調及其價值觀，取代了閑適遊息的生活美學，這對明清以前的傳統文人來説，並非可想像之事。

自孔子云：「游於藝」，至莊子的大作：「逍遙遊」，遊憩以寄閑情的生活態度可謂源遠流長。晉代陶潛著〈閑情賦〉亦曾有云，其萬千思慮，無論是一領、一帶、一席、一履……，盡皆遊於「八表之憩」。此足以説明，文化原本即為悠閑的產物。民國之後，林語堂則更明白地指出：「文化的藝術就是悠閑的藝術。在中國人心目中，凡是用他的智慧來享受悠閑的人，也便是受教化最深的人。」（林語堂，1976）對於中國人而言，過於勞碌的人不若善於悠遊歲月的人，

能產生真正的智慧。而悠遊歲月的哲學背景，實際上是來自於儒家文士所崇尚的道家人生觀，這同時也是一種藝術家的性情，講求在和平與和諧的心境中，感受「江上清風」與「山間明月」的幽靜。並以超塵脫俗的意識，透視人生對於名利的野心，進而將其人格與靈魂看得比俗世功名重大。於是生活的樂趣實源於一顆恬靜的心，與曠達的心胸。

熟稔《三國演義》的讀者遙想孔明的神機妙算，無不艷羨驚嘆！第九十五回〈馬謖拒諫失街亭　武侯彈琴退仲達〉，話說馬謖失守街亭、列柳城之後，孔明即將大軍分撥出去：一部分由關興、張苞引領，在武功小路上鼓譟吶喊，使魏兵驚疑；一部分則由張翼領軍修劍閣，備歸路；另一部分則派到西城縣搬運糧草。不料此時忽然十餘次飛馬來報，說司馬懿引大軍十五萬，望西城蜂擁殺來。此時孔明身邊已無大將，只有一班文官及二千五百軍，守在城中。眾官聽聞這個消息，盡皆失色。然孔明卻傳令：將旌旗藏匿，四門大開，以軍

孔子云：「游於藝。」莊子曰：「逍遙遊。」晉代陶淵明亦有〈閒情賦〉，說明文化本身就是悠閒的藝術。

士扮百姓掃街。他自己則「披鶴氅，戴綸巾，引二小童攜琴一張，於城上敵樓前，憑欄而坐，焚香操琴。」迨及司馬懿親自飛馬遠望，「見孔明坐於城樓之上，笑容可掬，旁若無人，焚香操琴。左有一童子，手捧寶劍；右有一童子，手執塵尾。城門內外有二十餘名百姓，低頭灑掃，旁若無人。」頓時心中大疑，頃刻間，大軍退往北山路。

若從戲台上，則更顯見中國成功人物的典型性格：岳飛的方步，關公的斂眉，諸葛亮泰山崩於前而面不改色……，在在贏得觀眾喝采。無論名士、儒將，從容鎮定、談笑用兵，才顯出藝高人膽大。於是傳統中國人從不彰顯繁忙，反而對於從容、散淡之間運籌帷幄的風範，一片神往。無怪張潮《幽夢影》云：「人莫樂於閑，非無所事事之閑也。閑則能讀書，閑則能交益友，閑則能飲酒，閑則能著書。天下之樂，孰大於是？」可見「閑適」作為人生的修養境界，自有其深遠與寬廣的精神內涵。

在《三國演義》裡，諸葛亮瑤琴三尺勝雄師。

有道是：瑤琴三尺勝雄師。司馬懿之所以懷疑孔明設有埋伏，乃因孔明操琴時神態閑適自若，彷彿勝券在握。此時絲音之美，在於孔明已將儒家的鎮定與道家的瀟灑融合一氣。有趣的是，當林黛玉談及撫琴者之衣冠與體態時，也就是以諸葛亮的「空城記」，剪裁融入自己的話語中，強調鶴氅、焚香，卷疏自若、體態尊重，這說明了林黛玉所體認到的琴學理想境界，也只是閑適與自信。這一份幽美閑雅的心境，通常掩蓋在她鋒芒畢露與「小心眼兒」的外表下，唯有賈寶玉知覺。第二十六回，寶玉「順著腳，一徑來自一個院門前，鳳尾森森，龍吟細細，正是瀟湘館……只見湘簾垂地，悄無人聲。走至窗前，覺得一縷幽香，從碧砂窗中暗暗透出……耳內忽聽得細細的歎了一聲道：『每日家情思睡昏昏』。」林黛玉引《西廂記》道出她不受閨範的情思，與繡窗無事的閑情，和《牡丹亭》裡的杜麗娘一樣，因幽幽午睡愈顯情慾流動。而林黛玉之以琴傳情，便與賈寶

林黛玉以個人疏卷自若、體態尊重的儀表，體現了琴學的理想境界。

傳統戲曲中的才子佳人停留在膠漆男女、連絡情意上為滿足，至《紅樓夢》才以「知己」的觀念寫出使愛情堅實不滅的基礎。

玉的薦書之忱，形成了相互輝映的綿綿情語。

（四）靈犀相通

琴音如同情語，但求知音。李漁《閑情偶寄》已明此理：「伯牙不遇子期，相如不得文君，盡日揮弦，總成虛鼓。」尤其琴瑟自古以來便是男女傳情達意的媒介，《詩》云：「妻子好合，如鼓琴瑟。」「窈窕淑女，琴瑟友之。」李笠翁繼而有言：「花前月下，美景良辰，值水閣之生涼，遇繡窗之無事，或夫唱而妻和，或女操而男聽，或兩聲齊發，韻不參差。無論身當其境者儼若神仙，即化成一幅合操圖，亦足令觀者銷魂……。」《紅樓夢》之迥別於一般才子佳人小說處，在於「知音」觀念的昇華。傳統戲曲、小說的寫法是「郎才女貌，一見傾心」，之後藉吟詩撫琴以求山盟海誓、鸞鳳和鳴，即使高妙如《西廂記》、《牡丹亭》，也不過如此。因為琴／情音「易響而難明」，故「非身習者不知，唯善彈者能聽。」

此番知音之論，以停留在相如、文君；張生、鶯鶯之膠漆男女、連絡情意的層次上為滿足。不若《紅樓夢》中寶黛互為知己的寫法，更進一層以彼此人生道路的投合，作為知己論的基礎。

　　《紅樓夢》第三十二回，史湘雲和薛寶釵一樣勸寶玉道：「你就不願意去考舉人進士的，也該常會會這些為官做宦的談講談講那些仕途經濟……。」寶玉聽了，大覺逆耳，竟下逐客令道：「姑娘請別的屋裡坐坐罷，我這裡仔細腌臢了你這樣知經濟的人！」不想黛玉正走進來，陡然聽見寶玉道：「林姑娘從來說過這些混賬話嗎？要是他也說這些混賬話，我早和他生分了！」黛玉聽了不覺驚喜交集，同時也悲嘆愈切：「果然自己眼力不錯，素日認他是個知己，果然是個知己。」寶黛之愛，建立在互相引為知己的基礎之上。而這份知己之情，又呈現在他們同時對自我「本分」的反省上。賈寶玉痛絕於「仕途經濟」，聽不得「混賬話」，已如前述。事實上賈寶玉的叛逆意識，時時刻刻作

黛玉意識到和寶玉的知己之情，不覺驚喜交集，又難免悲歡愈切。

蔣玉函

寶、黛的生命情境在曹雪芹的眼中，既是「情癡情種」，又是「高人逸士」。

用在他對於現存觀念與制度的反省與破除。他對於時人將生命的價值聯繫在功名、爵祿、家族倫理，乃至婚姻命定上，甚感空洞與無謂。他舉出所謂名教和生死大節，乃是根本可疑的。「人誰不死？只要死的好。那些鬚眉濁物，只知道『文死諫，武死戰』這二死是大丈夫的死節……哪裡知道有昏君方有死諫之臣！只顧他邀名，猛拼一死，將來置君於死地？必有刀兵，方有死戰；他只顧圖汗馬之功，猛拼一死，將來棄國於何地？……那武將要是疏謀少略的，他自己無能，白送了性命，這難道也是不得已嗎？那文官更不比武官了！他念兩句書，記在心裡，若朝廷少有瑕疵，他就胡彈亂諫，邀忠烈之名；倘有不合，濁氣一湧，即時拼死，難道這也是不得已？」賈寶玉自幼不滿道學口實，一向稱功名中人為「祿蠹」，因此從未有「留意於孔孟之間，委身於經濟之道」的想法。他堅決排斥時文八股與忠孝節烈，同他所身處的身分階級和家族社會對他光宗耀祖的要求，產生尖銳的思想

意識對立。

　　而此一叛逆性格同時也是林黛玉所選取的人生道路。由於自幼喪母，少了一層閨中禮教的束縛，因此她少提針線，只伴書香藥香生活。香菱學詩，林黛玉笑道：「既要學做詩，你就拜我為師。我雖不大通，大略也還教得起你。」（《紅樓夢》第四十八回）可是薛寶釵卻另有意見：「我實在聒噪的受不得了！一個女孩兒家，只管拿詩作正經事，講起來，教有學問的人聽了反笑話，說不守本分。」（第四十九回）「不守本分」是賈寶玉和林黛玉的共同形象，曹雪芹稱這樣的人既是「情癡情種」，又是「高人逸士」，「置之千萬人之中，其聰俊靈秀之氣，則在千萬人之上；其乖僻邪謬不盡人情之態，又在千萬人之下。」（第二回）這是他們互為知音的基礎，卻同時也是使他們感受到人抵觸於天的孤立所在。林黛玉所嘆皆為悽惻之音：「既你我為知己，又何必有『金玉』之論。」（第三十二回）她一無憑藉，僅以「草木之人」的感情

甄士隱

置之千萬人之中，其聰明靈秀之氣，則在千萬人之上；其乖僻邪謬不盡人情之態，又在千萬人之下。

與生命，抵抗金玉良緣和婚姻命定的思想。在《紅樓夢》的世界裡，儒家思想宰制一切，但它同時又是男女主人公極力反抗的價值標準，兩造之間形成的張力無所不在。導致賈寶玉處處懷疑現存制度的永恆意義，成了「百口嘲謗」的逆子；傳統社會的責任與禮數、個人想欲與追求完美，也就成為林黛玉短短一生中，永遠化解不了的煩惱：「漂泊亦如人命薄，空繾綣，說風流！草木也知愁，韶華竟白頭！歎今生誰捨誰收？」（第七十回）

　　第八十七回，賈寶玉路過瀟湘館，忽聽叮咚琴聲，同時聽見林黛玉低吟琴曲四疊。

> 風蕭蕭兮秋氣深，美人千里兮獨沉吟。
> 望故鄉兮何處，倚欄杆兮涕沾襟。
> 山迢迢兮水長，照軒窗兮明月光。
> 耿耿不寐兮銀河渺茫，羅衫怯怯兮風露涼。
> 子之遭兮不自由，予之遇兮多煩憂。
> 之子與我兮心焉相投，思古人兮俾無尤。
> 人生斯世兮如輕塵，天上人間兮感夙因。
> 感夙因兮不可惙，素心如何天上月。

　　第三疊林黛玉調高君弦，以無射律清吟：雖然你我兩心相投，然而你的處境使你不自由，我的際遇使我多煩憂。確實是寶黛二人情困的寫照。最後一疊，突作變徵之聲，收攝不住的感情，發出：「我的心，如天上明月！」情知所至，音韻可裂金石，忽然「崩」的一聲，

弦斷了……。賈寶玉並未因而叩門求入，與黛玉討論君弦調音太高，以致不與無射律協調，或四疊忽變徵聲等琴技問題。他之做為林黛玉心靈上的知音者，其心中領會，未當面說出的話，乃是：「我有一顆心，前兒已交給林妹妹了。」（第九十七回）無奈客觀環境中，薛寶釵才是賈寶玉婚姻問題上，顧及家世利益的不二人選。於是寶玉只能眼看著他的知音，他的人生伴侶，繃緊了生命最後一絲氣力，彷彿為他們的不自由與多煩憂，發出了疲憊的求救聲。

林黛玉以無射律清吟：之子與我兮心焉相投，思古人兮俾無尤。

天籟之美，在無聽之以耳而聽之以心。古人論琴知音的最高境界，亦在於得無弦琴意而莫逆於心。《紅樓夢》第九十六回賈寶玉失去了通靈玉，終日怔怔然不言不語，竟至失魂喪魄、恍恍惚惚起來。賈政見他目光無神，大有瘋傻之狀，遂同意賈母與鳳姐趕辦與薛家聯姻，藉金鎖壓壓邪氣，以望沖喜。林黛玉聽説「寶二爺娶寶姑娘的事情」，萬念俱灰，僅剩下最後的願望，就是聽聽寶玉心底的聲音：「寶玉，你為什麼

在客觀環境中，薛寶釵才是賈寶玉婚姻問題上，顧及家世利益的不二人選。

抱琴

古來才子佳人往往藉瑤琴訴相思、
在弦上傳心語。

病了？」「我為林姑娘病了。」極簡的
對話，襲人、紫鵑不一定理解，而林黛
玉卻早已「美人巨眼識窮途」，有了這
句話，心裡反而坦然了。「可不是，我
這就是回去的時候兒了。」此後，焚稿
斷癡情，病情日重一日，終於魂歸離恨
天。賈寶玉昏憒已極，同薛寶釵拜堂成
大禮。從此天上人間。

（五）佳人新時代

　　傳統小說中，論琴／情談知音者，
不難令人聯想起「才子佳人」的命題
來。從漢代李延年的〈佳人歌〉以降，
容貌艷麗的女子，生來具有不可抵擋的
魅力。傾國傾城，叫人生死以之。自唐
傳奇伊始，如：霍小玉、崔鶯鶯等深情
女子，即不斷受到文人雅士的賞歎。而
佳人擇才子，實際上也渴望才子以一見
鍾情偷約始，以金榜題名完婚終。在兩
下裡一樣害相思的時節，「一個絲桐上
調弄出離恨譜，一個花箋上刪抹成斷腸
詩；一個筆下寫幽情，一個弦上傳心
事。」因望東牆，恨不得腋翅於妝台

左右，於是漫把相思添轉，一面撫瑤琴引擾芳心；一面染霜毫構思情語。是以「小娘子愛才，鄙夫重色」，成了傳統愛情小說的基調。

「琴」在如此重情天地裡，所扮演的腳色，即為傳遞追求與思慕訊息的鵲橋。漢代司馬相如以一曲〈鳳求凰〉，贏得卓文君的傾心，兩情相悅結成伉儷，使得此曲留下了「夫妻之曲」的美名。然而，才子佳人，憐才慕色，雖足以提供作品本身美感架構，以激盪讀者性靈，卻不必然涵攝人們內心深受感動的「情」。於是曹雪芹便說道：「至於才子佳人等書，則又開口『文君』，滿篇『子建』，千部一腔，千人一面……在作者不過要寫出自己的那兩首情詩豔賦來……非理即文，大不盡情。」（第一回）因此《紅樓夢》裡，賦予才子佳人新的見解與寫法，重新梳理慕才重色的愛情觀，以使人意識到「知音」的真諦。

儘管，寶黛共讀《西廂》，已成了傳世的畫面，而林黛玉也確實盛讚《西廂記》與《牡丹亭》「辭藻警人」，誦之「滿口餘香」。然而，寶黛之愛卻未因而奠基於愛才重色之上。雜學旁收的賈寶玉，雖有過目成誦的能耐。大觀園試才對額之際，也展現出高於眾清客的捷才。然而，一旦與林黛玉相比，賈寶玉卻處處顯得「不知不能」、才疏學淺。海棠結社雅吟，林黛玉之奪魁，與賈寶玉的壓尾，總是相映成趣。可見黛玉並非傾慕於寶玉的才情。至於黛玉之貌，作者輒以寫意筆法描染，所云風露清愁、裊娜風流，直寫生命情調之美。不若鮮妍嫵媚、豔冠群芳的薛寶釵，有一段雪白酥臂，引惑賈寶玉凝睇形如「呆雁」。只是令人神魂若癡的薛寶釵，卻始終是賈寶玉強烈掙扎的婚姻枷鎖，可見寶玉將心交給了林妹妹，並不僅著眼於佳人容顏之

麗。《紅樓夢》作者至此突破了千百年來，慕才重色的愛情基調，賦予才子佳人情意投合背後更深刻的思想內涵。

中國小說家終於意識到，愛情不僅僅在才、色之上著墨，更重要的是，人生價值的攜手追尋。此間「撫琴」一事，即扮演了重要的轉捩腳色。琴之作為鳳求凰的傳情媒介，自漢以降，已逾千年。至《紅樓夢》始轉化為更深沉、更內在地叩問：愛情的出路與歸結。林黛玉的感情道路，由堅強走向脆弱，其過程反映在清醒認識到禮教束縛後的悲哀，與面對婚姻問題的焦慮，「一年三百六十日，風刀霜劍嚴相逼」，壓力與時俱進，直到摧毀她的生命意志力為止。曾經離喪與動輒思鄉；遭逢禁錮與感受世態炎涼，最終都消融於「不自由」與「多煩憂」的琴曲中，說明她身心俱疲的處境。於是撫琴吟曲成為她與寶玉最後一次溝通心靈的傳情媒介。而寶玉聽琴，也確實懂得。於是接下來所發生的「失玉」與「掉包」，便無須費解。賈寶玉唯有令自己麻木失心，才可

古人感嘆知音難尋，在炎涼的世態中尋覓相同人生價值的密友，畢竟不是容易的事。

能放棄理想與信念中的情人，接受家族安排的政治婚姻。愛情的出路與歸結，不再是婚姻。寶、黛的愛情，結束在林黛玉的悲懷莫罄，一死酬知己。琴／情之美妙意境，惟知音者終身相惜。

（六）情思的隱喻

林黛玉所解之琴，實際上是一段「解脫」之情。愛情的開始，是兩條人生道路的交集，交集在同一頻率上，使情人在無聲的世界裡，聽見彼此的聲音，繼而以共同的理念，相偕追尋。是故情之所鍾，不僅在於「悅己」，更高的要求則是「知己」。《紅樓夢》以前，愛情故事動輒以「慕才愛色」為起點，才子因愛悅而撫琴，蓋以琴／情偕音，於是「彈琴」（談情）意謂著追求與戀慕。是以古典文學中借用「撫琴」來暗示男女悅慕、夫妻和諧，以及歷代文人以「琴絲」隱喻「情思」者，不絕如縷。如：唐人李白樂府〈長相思〉云：「蜀琴欲奏鴛鴦絃」五代晏殊〈木蘭花〉：「聞琴解佩神仙侶」北宋周

歷代文人以「撫琴」暗示男女悅慕，以「琴絲」隱喻「情思」者，不絕如縷。

邦彥〈大酺〉：「潤逼琴絲」賀鑄〈薄倖〉：「琴心相許」、「調琴思、認歌顰」，以及南宋姜夔〈齊天樂〉：「世間兒女，寫入琴絲，一聲聲更苦。」

雖然「慕才愛色」作為愛情發生的起源，並未失真。寶、黛初見時，即已注意彼此的才貌，黛玉看寶玉：「面如敷粉，唇若施脂；轉盼多情，語言常笑。天然一段風騷，全在眉梢；平生萬種情思，悉堆眼角。看其外貌最是極好……。」寶玉眼中的林妹妹則是：「態生兩靨之愁，嬌襲一身之病。淚光點點，嬌喘微微。閒靜時如姣花照水，行動處似弱柳扶風。」（第三回）兩人因對方的才情與容顏，甚或舉止間的偶然特質，而引發浪漫浮想，這是愛情的開端。它的持續，則有賴生活與思想中深刻的共同意念。歷來風月故事的本質，僅止於悅容貌、喜風流，戲曲小說最大的突破，亦不外以「私定終身」來強調自由戀愛的可貴。而寶黛愛情建立在反經濟仕途與互相深敬的基礎上，不參雜半點權衡利害與世務應酬，可謂愛

李白〈聽蜀僧濬彈琴〉。

情對於道德本性的重新照見。寶、黛之互為理想與意念中的情人，使得「撫琴」一事在《紅樓夢》中，成為突顯他們的共同信念在現實生活中多所滯礙的具體明證。林黛玉以琴曲訴說此間所遭到的「風刀霜劍」，與不自由、多煩憂。直到四疊韻畢，琴絲突然崩斷，則琴弦便已成為寶、黛愛情故事結構中，情思難再的隱喻。

二、鳴琴廣陵客──鹽政與琴

林黛玉的父親林如海，出身於姑蘇的世祿之家、書香之族。《紅樓夢》第二回，寫道這位前科探花、蘭台寺大夫因欽點為巡鹽御史，而舉家到揚州赴任。後因如海嫡妻病逝揚州，西賓賈雨村才受林鹽政之託，送女進京。至八十六回林黛玉在大書架上翻看琴譜上的琴理與手法時，回憶道：「我在揚州，也聽得講究過，也曾學過。」我們可以明、清揚州鹽業與其文化活動，進而考察林黛玉彈琴的社會背景與歷史淵源。

（一）揚州繁華以鹽盛

揚州城遠在二千二百年前，漢代吳王招天下流民煮海水為鹽起，即與鹽業一榮俱榮，一損俱損。唐代中晚期，隨著經濟重心的南移，兩淮鹽區成為全國食鹽的主要生產區。明、清兩代，上交國庫的鹽稅曾經高達「天下租庸之半，損益盈虛，動關國計。」（《兩淮鹽法志》）揚州鹽業以兩淮地區為主，鹽課又居天下之半，使得明、清兩代政府極重視鹽政。而鹽商則是由政府特許的專賣商，同時也因為家家要食鹽，於是鹽業到了清初，已成為「天下第一等貿易」，俗諺有云：「一品官，二品商。」鹽商之富，資本額超過千萬兩者，大有人

在。淮揚鹽商因此成為清代三大商人資本集團之一。為了管理鹽政，明代起即設有巡鹽御史，是鹽區專管鹽務的最高行政長官。衙門下設鹽運使等多位官員。

鹽政的主要職務在課稅與緝私，而日常所參予的文化事業，則大多與鹽商的生活消費息息相關。鹽商奢靡，日用衣飾屋宇、飲饌炊具、俳優樂伎，無不窮極工巧。揚州鹽業帶動了其他的商業活動，舉凡戲院、書場、園林建築，遍佈城內外。鹽政既是飽學之士，則鹽商也不乏學有素養文人。他們將部分利潤投資在招攬名士、結社吟詩、刊刻典藏書籍、收購字畫、支持戲曲，以及修建書院、興學講道之上，形成了亦商亦儒的特殊文化階層。

（二）雲龍南幸非一次

揚州鹽官與鹽商本身具有深厚的文史造詣，因而直接帶動了當地的文化時尚潮流。清初錢謙益曾與影園評次滿座名流同賦盛開之黃牡丹，《浪跡叢談》載有鹽商馬曰琯等人，好古博學、考校文藝、評騭史傳，旁逮金石文字，《夜雨秋燈錄》甚而有言：「雖鹽賈木商，亦復對花吟詠。」明、清商翁之家所出進士，多達兩百多名，古徽州地區至今屹立彰顯榮耀的牌坊，可為明證。

鹽官亦屬文人，為揚州帶來大量的藝文活動。曹雪芹的祖父曹寅，曾任蘇州、江寧織造，與兩淮巡鹽御史。在鹽官任內，刊刻大量編著，除《楝亭詩鈔》、《詞鈔》、《續琵琶記》等創作外，又匯刻前人音韻學著述為《楝亭五種》，並將藝文雜著彙編成《楝亭藏書十二種》。揚州城內隨時舉辦著大小文薈，每於會期結束後三日內，

書舍即將詩文發刻，遍送城中。冶春詩社、虹橋修禊等招致群賢畢至的文化盛事，無一不是鹽商與鹽官支持、策劃出來的活動。而康熙南巡，曹寅四次接駕的歷史性繁華場面，盡是「水天煥彩、琉璃乾坤、珠寶世界」，已藉《紅樓夢》「元妃省親」一節表述無遺。

鹽商們與藝術家「揚州八怪」的交往，也進而刺激了書畫創作，乃至於市場的活絡。《古今筆記精華錄》記載鹽商為求鄭板橋的畫，刻意以優美的琴音，引誘他循聲而至竹林。可知廣陵琴韻與書畫、園林，俱為揚州鹽賈、文人生活的一部份。也是鹽官之家出身的林黛玉，善於賦詩鼓琴的社會背景。事實上，廣陵琴派直到第十代傳人劉少椿，仍是揚州鹽商子弟，青年時期正值「裕隆全鹽號」鼎盛，因而習得崑曲、書法、繪畫、武術，及道家養生等，晚年（西元1956年）更與琴家查阜西等人士共同錄製廣陵琴曲。鹽業帶動書畫琴道等江南文人生活美學的發展，於此可見一般。

康熙南巡，曹寅四度接駕的繁華勝景，已藉《紅樓夢》極力表述。

（三）廣陵遺響

　　唐人李頎七言古詩〈琴歌〉云：「主人有酒歡今夕，請奏鳴琴廣陵客。月照城頭烏半飛，霜淒萬木風入衣。銅爐華燭燭增輝，初彈淥水後楚妃。一聲已動物皆靜，四座無言星欲稀。清淮奉使千餘里，敢告雲山從此始。」這首詩説明了唐時廣陵即以琴歌演奏聞名。事實上，到了《紅樓夢》寫作的年代，廣陵琴學的藝術風格已經聲名遠播。自清初順治年間，徐常遇父子三人創立「廣陵琴派」起，即將歷代古琴譜編纂刊刻。著名者包括：《澄鑑堂琴譜》（刊於西元1702年，為廣陵派最早的琴譜。）、《五知齋琴譜》、《自遠堂琴譜》、《焦庵琴譜》，以及《枯木禪琴譜》等二十多部。廣陵琴藝近三百年來，綿延不衰，其琴學號稱博采歷代各派之長，務求融會貫通、推陳出新。據清末廣陵派名家孫紹陶（西元1879-1949年）所云，廣陵琴曲節奏自由跌宕，難以把握，對於指法的要求十分嚴格，務必達到右手運指準確，左手吟猱圓滿。

《禮記·學記》：「不學操縵，不能安弦。」

為求細緻多變的吟猱手法，又強調「熟曲生彈」的法則。歷代傳人秉持「樂自性出」、「琴如其人」的觀念，不願超時媚俗，而以道家有無、虛實相生的道理來體會琴曲內涵。

《紅樓夢》成書約於乾隆五十七年（西元1792年），其時廣陵琴派已傳立數代，廣陵琴風既以「淳古淡泊」為宗，則書中描寫林黛玉幼年於揚州學琴的經驗，應是正統的家學淵源、名師指點，因而使其體會到琴學堂奧與廣陵真趣，如此方能言簡意賅地指出撫琴者的體態、衣著、手勢，與中節合度等標準。因此她對學琴的認知與琢磨，相較於正白旗包衣世家出身的賈寶玉，自然更難以超脫傳統儒家「誠意正心」與道家「清心寡欲」合揉的情操與琴操觀。

林黛玉操縵遲至八十六回方始展開，於是又牽涉到續書的問題。操縵，即調弦之意。《禮記‧學記》：「不學操縵，不能安弦。」因初學彈琴者，須先知調協弦音，才能安弦成曲。後遂以操縵特稱初學曲調而未工之意。自

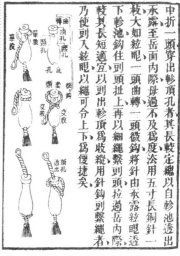

學琴者須先知調音，才能安弦成曲。

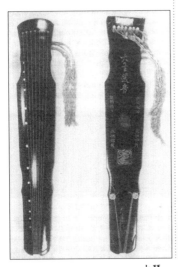

古琴。

胡適（西元1891-1962年）考證（西元1921年）以來，形成了《紅樓夢》八十回後為高鶚補作的説法。然後四十回是否為高鶚所續？或仍屬於曹雪芹原著？則説法不一。胡適據程高本序言所云：「同友人細加厘揚，截長補短……。遂襄其役，工既竣，並識端末，以告讀者。」考證後四十回為高鶚續書，並於乾隆五十七年壬子，合併前八十回，初印程甲本百二十回《紅樓夢》問世。而近人范寧、陶劍平等人又以張問陶《船山詩草》卷十六，題注曰：「傳奇紅樓夢八十回以後，俱蘭墅所補。」並高鶚在《月小山房遺稿》中自題：〈重訂紅樓夢小説既竣題〉等資料，辯證文中未有高鶚續作之意。而林語堂晚年發表六萬言的《平心論高鶚》（西元1958年），則更進一步指出，前八十回成書在甲戌，而曹雪芹辭世在壬午，其間八、九年，何有不能續完後四十回之説？況且高鶚的身分是舉人（後成進士），其才思筆力不一定能將千頭萬緒的前部，撮合編纂、彌縫無跡地補續出體大思精的整部奇書。

　　紅學自來對《紅樓夢》作者的音律造詣存而不論，恐怕既是囿於文史解讀而不闇音韻，又受到八十回後非原著的影響。事實上，高鶚曾於乾隆四十七年（西元1782年）著有〈操縵堂詩稿跋〉，而廣陵琴派的創新與發展，隨著《澄鑒堂琴譜》與《五知齋琴譜》的問世，在清乾隆、嘉慶年間，進入了鼎盛時期。這時也是高鶚續《紅樓夢》與發展個性化文人生活的重要時期。從他的世交薛玉堂為《蘭墅十藝》題詩曰：「不數石頭記，能收焦尾琴。」高鶚以「操縵」為其堂號及詩稿書名，並以《石頭記》、焦尾琴為其十藝之二。則林黛玉解琴一段，出自高鶚手筆的可能性已較曹雪芹為高。

　　此外，林黛玉所做四疊《琴曲》，就詞韻而言，第一至第四疊前半，所用皆為正宗的《晚翠軒詞韻》，該書與《詞林正韻》均屬清代

《礇石幽蘭調》。

詞家填詞所用的官韻。第一疊用十三部平聲「侵」韻，第二疊用第二部平聲「陽」，第三疊用十二部平聲「尤」韻，第四疊前半用第六部平聲「真」韻，至後半忽然轉成仄韻。聽琴的妙玉不禁訝然失色道：「如何忽作變徵之聲，音韻可裂金石矣！只是太過。」（第八十七回）至八十九回，黛玉解釋說：「這是人心自然之音，做到哪裡就到哪裡，原沒有一定的。」而廣陵琴派到了乾隆末年，已提出「音隨意走，意與妙合」的藝術風格，希望能使琴曲更富於感情色彩，這也正好說明了黛玉跌宕自由、琴隨人心的藝術體會。

　　從文學的角度來看，自宋詞以降，文人倚聲填詞，通常以平韻為主，仄韻為副，同時藉由平仄韻的遞換，來增強激烈悲壯的聲情，使閱聽人感受其慷慨激昂的情緒，收到有如繁弦急管、五音繁會的效果。從音樂的角度來看，林黛玉借猗蘭、思賢兩操，合成音韻。〈猗蘭操〉原名〈碣石調‧幽蘭〉，漢末魏晉南北朝時期流傳的民歌曲調，當時的歌舞有四段樂章的表現形式，同現存曲譜中的四拍相似，因黛玉借此曲和韻，故也賦成四疊。〈思賢操〉又名〈顏回泣〉，《今虞琴刊》、《吳門琴譜》均訂為無射律，據《梅庵琴譜》無射律以二、七弦為宮，又稱羽調，屬於五正調之一。林黛玉借此和韻，是故妙玉聽見的音調，正是無射律。然而到了第四疊後半，卻忽作變徵之聲，是徵音升高一律的變調，表示黛玉的心情由慷慨轉為淒厲悲切。此處的用典出於《史記‧刺客列傳》，然高漸離易水邊擊筑，荊軻和而歌是先為變徵之聲，音調悲切，使「士皆垂淚涕泣」。荊軻歌曰：「風蕭蕭兮易水寒，壯士一去兮不復還。」之後復轉調為羽聲，音調慷慨，使「士皆瞋目，髮盡上指冠」。可知羽調與變徵之間的遞

換，自古以來，即賦予文士抒發其憂懷隱思之意。

然而遞換之間，黛玉調高了君弦（即第一弦），以致崩斷，這又隱含了蔡邕與其女蔡琰鼓琴斷絃的軼事。三國時期，蔡文姬因戰亂流落南匈奴十二年，後因曹操念及與蔡邕的友誼，因此重金將蔡琰贖回。文姬博學有才，妙通音律因而有表現「思鄉」之情的《悲憤詩》傳世。此作品和唐代琴曲《大胡笳》、《小胡笳》，即其後的《胡笳十八拍》等，皆有密切的關聯。而林黛玉的琴曲第一、二疊，即以鄉愁為主題，抒發文姬式的美人漂泊千里，遙望故鄉，獨自傷神之苦。至於君弦過高，似又暗含《太平廣記》韓皋觀琴的故事。太保韓皋生觀客人彈琴，聽見《止息》一曲，大讚：「妙哉，嵇生之為是也。」接著他說明，《止息》商調屬秋聲，樂曲中以商弦轉慢，與宮同音，暗喻臣篡君位。歷史記載，司馬懿起篡奪之心後，先後殺害王陵、毌立儉、文欽、諸葛誕等四任有心效忠、匡復曹魏的揚州都督。當時嵇康以揚州為古代廣陵之地，而上述四位文武大臣，都在廣陵事敗身亡。為了抒發胸中鬱憤之氣，於是將琴曲命名為《廣陵散》，意指曹魏散亡，自廣陵始。《止息》一曲，乃《廣陵散》組曲的末篇。

（四）弦斷情滅

林黛玉的君弦過高，如果暗合《廣陵散》的慢商弦（商弦，又名臣弦。慢商弦，意指將琴上第二弦轉鬆，使其音低半度。如此則君弦（第一弦）便相對升高。）則此處暗喻大觀園的即將散亡，則又比伏黛玉之死，多了一層隱喻。妙玉在弦音的更張上，悟出了盛世即將頹圮的預兆，因而留下「日後自知」一句話，便不再多說了。然而音樂是需要

妙玉在林黛玉弦音的更張上，悟出了盛世將頹的預兆。

用心去感受的。這時雖寶玉不能理解律呂，卻很能聽見黛玉的內心世界。寶玉和妙玉的聽琴，一在聽之以心，一在聽之以耳；一在主觀，一在客觀。而黛玉的弦斷，也正暗示了「木石前盟」的情緣難續。斷弦意謂情滅，西方十九世紀鋼琴家李斯特（Franz Liszt, 西元1811-1886年）與其妻達古伯爵夫人之間，也曾有類似的取譬。夫人在日記中寫道：「李斯特的演奏，使我有一種不安的感覺。儘管他用無比的光輝、優秀的技巧在彈奏，可是這些音樂，使我覺得好像在我們之間，有某種微妙的隔膜。我痛苦極了，簡直不知如何説出。然後，從那一天（弦斷）開始，就有愛情已告終了的預兆。」高鶚續書，使得「木石前盟」一段公案，從斷弦的那一刻起，玉瘋、黛死、釵嫁，走向了悲劇的結束。

三、曹雪芹與高鶚的藝術視野

《紅樓夢》前八十回歷敘曹雪芹富麗繁華的年少生活經驗，其間世家

大族閱歷深厚、見識廣遠的文化藝術修
養，成為小說中審美情趣的基礎。以音
樂為例，第五十四回，賈母讓芳官唱
一齣《尋夢》，而笙笛一類的樂器一
概不用，只以提琴（即胡琴）和簫管伴
奏。繼而葵官唱一齣《惠明下書》（原
為明代李日華傳奇劇本《南西廂記》中的
一齣，後為王實甫《西廂記》所改編。寫
孫飛虎兵圍普救寺，強索鶯鶯成婚。張生
危難當頭，修書杜確求援。僧人惠明毛遂
自薦突圍送信的故事。）也不用抹臉。一
時間，眾人聽得入了迷，鴉雀無聲。薛
姨媽讚佩道：「戲也看過幾百班，從沒
見用簫管的。」賈母回答道：「這也在
主人講不講究罷了。」又指著湘雲說
道：「我像這麼大的時節，他爺爺有一
班小戲，偏有一個彈琴的湊了來，即如
《西廂記》的《聽琴》，《玉簪記》的
《琴挑》（出自明代高濂傳奇《玉簪記》
中的一齣，後亦改為崑曲名折，寫書生潘
必正借住女貞觀中，偶遇道姑陳妙常，一
見傾心，藉彈琴《雉朝飛》挑逗，而妙常
亦為之心動。無奈懼於戒規，待潘高中，

賈寶玉至梨香院請齡官唱曲。

始成美眷。）《續琵琶》（為曹雪芹祖父曹寅所作的傳奇劇本。全劇以蔡文姬故事為主，穿插虎牢關大戰、計殺董卓、李郭起兵等事，而以文姬歸漢作結。）的《胡笳十八拍》（為古琴曲，相傳東漢蔡琰所作，共分十八章，一章一拍，歷敘漢室衰亡、戰爭迭起，文姬遭擄，入匈奴十二年始還，卻又面臨親子生離的哀痛。）竟成了真的了，比這個更如何？眾人都道：「這更難得了。」此間我們體會到，曹雪芹看待彈琴，是結合了戲曲來講究的。一方面在唱完了喧鬧的《八義》之後，應該點些清淡的戲文來調劑情緒。因此只用簫管，音響效果就淡雅多了。另一方面，又注意到視覺的舒緩，所以不用上花臉，則聽戲的人就更能細細品味演員的發聲吐字。更高的戲曲鑒賞層次，還在將彈琴由原本伴奏的位置，引入情節中，變成舞台上的主角，使得雅樂與戲劇融為一體。如此高度的審美趣味，已道盡世家貴族累積數代家學門風的鑒賞能力。

除了以琴、簫配戲為獨具慧眼之外，曹雪芹又極講究聽曲品樂的環境。第四十回，宴請劉姥姥時，偶然興起讓家裡的十幾個演習吹打的女孩子就近演奏。賈母道：「就鋪排在藕香榭的水亭子上，借著水音更好聽。」等到第四十一回，宴會進入高潮時，「只聽得簫管悠揚，笙笛並發。正值風清氣爽之時，那樂聲穿林度水而來，自然使人神怡心曠。」又七十六回中秋賞月時，賈母見月至中天，精彩可愛，便說道：「如此好月，不可不聞笛。」然而「音樂多了，反失雅致，只用吹笛的遠遠的吹起來就夠了。」等到入席飲酒之後，閑話間，遠處桂花樹下突然「嗚嗚咽咽，悠悠揚揚，吹出笛聲來。趁著這明月清風，天空地淨，真令人煩心頓解，萬慮齊除，都肅然危坐，默默相賞。」無論是藕香榭聆樂，或是凸碧堂品笛，曹雪芹善於營造整體環

境，讓音樂「穿林度水」，更加動聽。

　　尤其甚者，八十回後，被高鶚選
取為彈琴場景的瀟湘館，亦已經由作者
親手調理過了。第四十回，賈母見林黛
玉所住的瀟湘館裡，窗紗顏色舊了，便
和王夫人說道：「這個紗新糊上好看，
過了後來就不翠了。這院子裡有桃杏
樹，這竹子已是綠的，再拿綠紗糊上，
反倒不配。」於是想換新的顏色糊上。
鳳姐兒於是說庫房裡有銀紅蟬翼紗，有
各種折枝花樣的，也有流雲蝙蝠和百蝶
穿花的。顏色又鮮，紗又輕軟，別說做
窗紗，就是拿來作綿紗被，一定也是好
的。不料賈母立刻糾正道，那個還不是
蟬翼紗，正確的名字是「軟煙羅」，一
共有四樣顏色：雨過天青、秋香、松綠
和銀紅。因為拿來做帳子或糊窗屜，
遠遠地看，似煙霧一般，所以叫「軟
煙羅」。賈母選擇柔厚輕密的銀紅色
「霞影紗」來搭配瀟湘館裡的翠竹、
芭蕉。既突破顏色的單一性，又強調冷
暖、主次色的諧調相映，不僅富於變
化，而且對比鮮明。更加烘托出瀟湘館

文人在翠竹間撫琴。

的詩情畫意，與林黛玉的寫意情趣。也使讀者具體感受到八十回後黛玉撫琴的清雅環境。

　　相較於曹雪芹對音樂環境，由樂器的配合，以及其他藝術的相襯，乃至於整體環境的營造。高鶚對生活的品味，則偏向文人化、個性化與內心式的情趣。在黛玉撫琴、妙玉坐禪、惜春揣摩棋譜⋯⋯等多處情節上，已明顯透露續書人的書卷氣質。再以戲曲和音樂為例，就更加明確了。第九十三回，賈寶玉聽蔣玉菡唱「占花魁」，特別留意秦小官伏侍花魁醉後的神情，因為蔣玉菡將秦小官憐香惜玉的情意唱到纏綿繾綣、極情盡致的地步。因此寶玉不看花魁，雙眼「獨射」蔣玉菡，聽得他「聲音響亮，口齒清楚，按腔落板⋯⋯」，寶玉簡直神魂飄蕩。因想著：「樂記上說的是，『情動於中，故形於聲；聲成為謂之音。』所以知聲，知音，知樂，有許多講究。聲音之原，不可不察。詩詞一道，但能傳情，不能入骨，自後想要講究講究音律⋯⋯。」在高鶚筆下，

妙玉與寶玉在瀟湘館外聽琴。

賈寶玉聽琴、觀棋、看戲，已經內化為
個人思想的一部分。不似前八十回，聽
琴須在戲中，趕圍棋和擲骰子一起玩，
還可以賭錢。與還是忠順親王府裡做小
旦的琪官──蔣玉菡，過從甚密，相與
甚厚。先是交換汗巾，後又在紫檀堡購
置房舍。

　　同樣以鹽業構築起來的榮景。高
鶚留意在琴道的發揚；曹寅開創了揚州
天寧寺廣陵刻書的盛業；而曹雪芹則是
將揚州官商接駕的排場，充備崑腔等戲
班，並仿造宮廷內府的建築，搬進了大
觀園。以揚州城夜晚的華燈、船閣、
煙火、舞伎，以及簫籟摧歌、金石鏗
鏘……等繁華盛事，點亮了省親的序
幕。《紅樓夢》第十八回寫道：「且説
賈妃在轎內看此園內外如此豪華，因默
默嘆息奢華過費。忽又見執拂太監跪請
登舟，賈妃乃下輿。只見清流一帶，勢
如游龍；兩邊石欄上，皆係水晶玻璃各
色風燈，點得如銀花雪浪；上面柳、杏
諸樹雖無花葉，然皆用通草、綢、綾、
紙、絹依勢作成，粘於枝上的，每一株

一場繁華憑誰訴？

懸燈數盞；更兼池中荷、荇、鳧、鷺之屬，亦皆係螺、蚌、羽毛之類作就的。諸燈上下爭輝，真係玻璃世界、珠寶乾坤。船上亦係各種精緻盆景諸燈，珠簾繡幙，桂楫蘭橈，自不必說。」那樣的一場繁華！留下了多少說不盡的好故事。

昨日，當我年輕時
——三三文學與《紅樓夢》

清人龔橙的《詩本誼》將二千多年來有關《詩經》的編譯、引用、闡釋以及流傳等各種文學現象做了總整理，提出《詩經》有八誼（義），分別是：作詩之誼、談詩之誼、太師采詩之誼、瞽矇諷詠之誼、孔子定詩建始之誼、賦詩引詩節取章句之誼、賦詩寄託之誼，以及引詩以就己說之誼。其中除了第一條是探討作者原意之外，其餘七項都在強調閱讀者（接受者）的解讀，以至於應用等情形。二十世紀初，西方文學揚棄了古典美學講究完美與逼真，因而導致讀者缺乏想像空間的文學作品，以意象派、象徵派等各種藝術技巧從事創作，於是文本逐漸走向語言曖昧、歧義疊出的風格，現代派以及後現代派的作品，尤其使得讀者充滿個人風格的想像與詮釋，得以大量地填補文本的空白。隨著讀者的審美意識介入文本之深，以讀者為中心的文學理論便順勢而興。

侍書

閱讀活動本身就是一種再創作,隨著
讀者的思維與視野,有時也與時代氛
圍密切相連,使得經典成為有生命的
文本。

　　由於當代文學理論中「文本」觀
念的確立,使得以往環繞在作者與作品
之間的關係討論,轉移至強調讀者在閱
讀過程中的重要性。從前「作品」僅視
為作者的生產品,而今作品擴大為「文
本」,即等同於讀者閱讀時創造出來的
場域。讀者對作品的一切認識活動即可
視為一種「書寫」,其閱讀思維與期待
視野,有時也與時代氛圍,閱讀者的稟
賦、素養如影相隨。

　　《紅樓夢》自十八世紀成書以來,
在中國乃至國際學界廣為流傳,其意義
與價值進一步為世人所認識。尤其是
各時期的紅迷作家往往不拘於索隱、考
證的樊籬,將該作視為學習與活用的典
範,更使得《紅樓夢》成為一部富有生
命力的文本。有趣的是,隨著台灣社會
政、經結構的變遷,以及當代文學批評
受西方思潮的影響等因素,《紅樓夢》
的典範價值也逐漸地在重塑中。此間,
表現在執筆為文的台灣現代作家群中,
是一幕幕鮮活的眾生相。其中有文學流
派與社團的介入,有長篇小說配合時

事的改寫，有女性文學的抒發，更有醫藥、飲食、傳播媒體、創作經驗等各方面的潛論……。這些現象，一則說明了台灣移民社會的文化發展與母土經典的淵源；同時也相對於大陸的官方紅學與台灣的學院派論述，毋寧是一條新發現的源頭活水。在現代紅樓文本的重塑過程中，等待著我們發掘與探索。

《文心雕龍・知音》云：「蘭為國香，服媚彌芬；書亦國華，玩繹方美。」文學本身不能審美，所以作品的美學價值必須透過欣賞主體的玩味與演繹方能呈現，因此劉勰說：「玩繹方美」，亦即劉永濟在《文心雕龍校釋》中所說：「作者往矣，其所述造，猶能綿綿不絕者，實賴精識之士。」此外，中國文學批評中的「玩味說」、「妙悟說」、「興趣說」等皆是在讀者參與文本的閱讀活動中產生的解讀理論。是故，考察《紅樓夢》在現代台灣文學社會中的鑑賞、解讀與再創作，並不需要完全倚賴當代西方的文學理論，而不妨視為在西方理論與中國古代文論的遇合

中國文學批評中的「玩味說」、「妙悟說」與「興趣說」，都是在讀者參與文本的閱讀活動中所產生的解讀理論。

當中，台灣文壇對《紅樓夢》文本意涵多樣性的建構與啟發。戰後以來的台灣文壇，由於文化工業漸趨整全，致使文學創作主體的標籤鮮明，作品的文類也朝向多元化與專精化邁進。許多從事台灣現代文學流派分類研究的專著，目的在探討文學社會中各種團體、勢力消長的過程。這樣的文類研究工作往往僅追蹤四十餘年來的文學經驗，而較少追蹤更為深遠的文學淵源。當我們發現許多作家的個人才性及其所屬社群的特色，都曾與《紅樓夢》發生了深厚的關係時，便同時認清了影響台灣文學流派發展過程中，一條峰迴路轉的歷史隱線。

多年來紅學界透過各種角度研究《紅樓夢》的成果已證實該作本身是一顆寶石，從不同的切面折射出耀眼的光芒。而每一個切面所散放出來的光輝，恰如同在《紅樓夢》的影響下所形成的一支文學流派、社群或文學品類。我們不妨以時代風尚來考察作家對《紅樓夢》的閱讀觀點，從而梳理現代人對《紅樓夢》的接受美學。

一、鄉土論戰中的紅樓表述

一九七〇年代的台灣社會因遭受到釣魚台歸屬爭議、政府退出聯合國等一連串政治性重大衝擊，迫使眾人不得不思考台灣未來的方向，以因應國際局勢的轉變，及台灣內部存在的問題。在國人的反思與覺醒中，台灣社會長期以來的意識形態之爭逐漸浮出枱面。「革新保台」的政策推動下，在政治立場上台灣加速推動自由民主的發展與人權的重視；經濟上也積極朝向技術密集的工業化邁進；以文化角度視之，則是在繼承傳統民族文化的基礎上，發揚鄉土色彩。此情勢意味著，鄉土文學正逐漸從反官方思想進而名正言順地成為文學的主流

論述。當時朱西甯等人曾為文批判屬於民族主義陣營的鄉土文學，文學社會因而形成兩方陣營：一是描寫本地人生活的鄉土文學；一是志在復興中國傳統文化的青年社團，後者即以「三三文學社團」與「神州詩社」為代表。

三三文學社團由於胡蘭成的點撥造就而籌辦《三三集刊》，並成立三三書坊來出版發行自己的作品。三三的主要成員朱天文、朱天心、馬叔禮、丁亞民、仙枝、盧非易等人也因受到胡蘭成與張愛玲的影響，而有著「正統中國」的信仰，以及對於《紅樓夢》的偏愛。

現代青年學子的聚合與古時的文人雅會，有許多相似之處。

此外他們也多方邀稿，於是袁瓊瓊、裘林、高廣豪等人也都在《三三集刊》中拿《紅樓夢》做文章。他們對於《紅樓夢》的參與是多方面的，例如：朱西甯與袁瓊瓊著意於考證紅學；朱天文、仙枝、馬叔禮、丁亞民等人則專章賞析紅樓人物；高廣豪、裘林、朱天文等更因受紅樓夢的影響而有所再創作。此外，《三三集刊》也曾在民國七十年初製作一本「紅樓夢專輯」，書名為《補天遺

石》。在多場三三作者討論會中，也曾經不斷地以文化評論或比較文學的觀點來談《紅樓夢》，三三書坊亦出版過趙同的《紅樓猜夢》，並有朱西甯為文評論。不僅在文字上，《三三集刊》的插圖曾有兩輯（第九、十輯）大量採用紅樓夢剪紙藝術以為其刊物增色。當然，這一切不能不溯源至三三的精神領袖胡蘭成對《紅樓夢》的懷古，以及張愛玲對《紅樓夢》的研究。一九七〇年代的紅學，正是以周汝昌為首的考證派曹學，即將過渡到以小說敘事的觀點來研究紅學的橋樑，朱西甯直接對考證派的批判，以及諸青年作家對紅樓文本的論析，正是當時學術風氣下的產物，其中還包含了三三作家們的青春氣息與文藝稟賦等因素在內。擺開三三對《紅樓夢》的參與，單就此一文學社團的聚合形式來看，它本身就是一個大觀園式的文人雅集，才子與才女在創作上互相唱和、習染，在此，時間與空間彷彿已經停留，只有文藝青年志趣相投的情懷與青春熱情的散發。

三三討論《紅樓夢》富有相當濃厚的青春稟息，表現在紅樓夢專輯的製作、文學討論會、抒發紅學研究的意見，以及許多「再創作」上。有趣的是，一九七〇年代末期鄉土文學風潮下，左翼文化分支之一的《夏潮》，是淡江校園民歌運動中的文學社團刊物，他們也曾以「紅樓夢」為號召。當時就讀淡江英語系的吳楚楚就製作過「好了歌」，並於一九七八年在《滾石》的年終排行榜上名列第一，成為當年最受歡迎的歌曲和歌手，隨後因為「歌詞灰色」而被新聞局禁唱。

二、父親鄉愁裡的國族神話

　　三三文學社團的作家們受胡蘭成的影響甚深，在人生思想方面，胡蘭成提醒青年作家們：喚起三千個士，中國就有救。平時也不斷指點三三成員廣讀四書五經與各國文學名著，因此「三三群士」對於詩書禮樂的中國文化有著一股浪漫懷想與孺慕憧憬，他們稱胡蘭成為「爺爺」，奉胡蘭成為恩師，為知音。在文學創作方面，朱西甯、劉慕沙、張愛玲對他們的影響都很大，而其間最重要的還是胡蘭成。因為胡式的嫵媚文風，加上深厚的國學涵養，使得三三文學既浪漫綺旎，又志氣滿懷；既豪氣干雲，又意象朦朧。正如他們自己的說法：「三三就是一股無名的志氣嘛，三三就是一份中國傳統的『士』的胸襟與抱負，就是要喚起這一代千千萬萬年輕的心，手攜著手，浩浩蕩蕩的一同走過藍天，走到中華民族的生身之地。」（《三三集刊》，第25期。）

　　胡蘭成一生的才情學養豐厚，雖然他的政治生涯備受爭議。他曾在《三三集刊》中以「李磬」為筆名從事專欄寫作，之後三三書坊亦將其著作結集出版，計有：《禪是一枝花》、《中國禮樂》、《中國文學史話》及《今日何日兮》。《三三集刊》始於胡蘭成的指點，終於胡蘭成的逝世。成員們受胡蘭成的影響甚為深遠，胡蘭成去世後，身為弟子的仙枝在其書序中道：「於淚眼中省思過往的二十年為父母所生所養，後八年卻是幸得蘭師點化才知此生立世的可貴可喜。」朱天文亦在其書序中說：「知音不在，提筆只覺真是枉然啊。今我是以伯牙絕琴之心操琴，因為蘭師的文章是這樣最最中國本色的文章，因為我從蘭師那裡才明白文章原來是這樣的。」可見胡蘭成在立身處世及文章本色上對三三文學的重要性與影響力。

除了胡蘭成外，三三對於張愛玲也是極盡渴慕的，朱西甯對張愛玲推崇備至，不僅引導天文姊妹閱讀張愛玲作品，更在編選《中國現代文學大系》時，將張愛玲列為小說卷第一。朱天文和丁亞民都曾在《三三集刊》中發表其對《赤地之戀》的觀感，天文甚至認為他們的張愛玲情結：「不只是文學上的，也是父親鄉愁裡的，愁延子孫，日益增長成為我的國族神話。」（《花憶前身》）

胡蘭成的不羈與張愛玲的世故同時影響著三三的年輕作家群，然因三三當年的青春氣息受胡蘭成的耳濡目染，遂使三三文學的呈現多胡風之天真，而少張調之諷世。不過張愛玲的影響已深深播種在三三作家們的文藝心靈深處，日後開出的花朵又是怎樣的有別於當年，恐怕是他們創作之初未曾想過的。

在小兒女天真浪漫的歲月裡，三三的導師朱西甯，精神領袖胡蘭成，使他們相信「世界史的正統在中國」（朱天心，《擊壤歌》），因此三三作者筆下經常既甜膩浪漫，又懷想中國，朱天文的文章是最好的例證：「那三月如霞，十月如楓似火的，我的古老的中國：我永生的戀人。」「曾經滄海難為水，除卻巫山不是雲，我只是向中華民族的江山華年私語。他才是我千古懷想不盡的戀人。」（朱天文，《淡江記》）這種「風流纏綿」的「愛國情操」，源自胡蘭成的風格。三三成員要成為中國傳統中的「士」，就要熟讀中國經書，因此他們有「讀經會」；他們要練習中國古樂，所以他們有合唱團。總之他們要做全方位的「士」。「三三容或不必落實」，三三「乃是出發自民族的大信。而這民族的大信，乃是出發自中國經書和國父思想。」（《三三集刊》，第17輯）三三將個人的才華結合巍峨的民族大志，於

是形成一股濃濃的中國情懷，這就是三三文學的特殊風格。

黃錦樹曾說：「三三是大觀園也是伊甸園。」（〈神姬之舞──後四十回（後）現代啟示錄？〉）這裡是才子才女聚集寫作、聯絡情感的理想國。朱天文說：「三三的朋友們好像生在一個沒有時間、沒有空間的風景裡。父母亦不是父母，姊妹亦不是姊妹，夫妻更不是夫妻。」（《淡江記》）他們在這裡聚會唱和，丁亞民像賈寶玉一樣處處讚賞別人；朱天文偶然想起林黛玉這樣的人物，也覺得要一流的人品才能懂得她。天文認識的同學裡，還有一位被她稱為「柔順沒有意見」的尤二姐。三三這大觀園，猶如一座柏拉圖的城邦，讓青年作家的浪漫文藝情懷在此萌發成長，朱天心的〈愛情〉、盧非易的〈日光男孩〉、馬叔禮的〈露水師生〉等，都是獲獎之作。在這失落了時空的風景裡，他們吟詠日月山川，釀造青春靈慧，文字風格互相浸染，盡得胡蘭成風流嫵媚之姿，也極盡爛漫率性的天真稟賦。丁

三三文學社團閱讀古書，也學習古樂。

亞民形容謝材俊：「集我嚮往的一切浪漫於一身，覺得他一生可以一直這樣浪漫下去，像極了現代詩裡的世界。」

　　總之，三三文學在大觀園式的聚合中吟風詠月，懷抱著胡氏教條，浪漫多情而忘卻時空，他們雖豪氣干雲、浩浩盪盪，卻也朦朧未明、滿紙荒唐，朱天文說胡氏教條是「無名目的大志」（《花憶前身》），在日後回憶三三那段年少輕狂時說：「是從一場荒唐仗裡打出來的」（《淡江記》），因此在胡蘭成去後，他們對中國的空中樓閣式的浪漫懷想，便無立足之地了。三三文學的特色，實是個人的詩情畫意與國族情懷熔為一爐，同時也是胡蘭成的影響與張愛玲情結，構成了三三成員當年的文學主流風貌。

三、胡蘭成的「神韻說」與張愛玲的「夢魘學」

　　胡蘭成與張愛玲是三三的精神領袖，張愛玲是他們遙想渴慕的對象，胡蘭成則是近在眼前的宗師。胡蘭成遍閱中外文學，對青年學子採「無為」式的隨機點撥，當然也不曾錯過《紅樓夢》。張愛玲對紅樓夢的情有獨鍾，不僅表現在她的考據中，更深入到她的創作世界裡。當胡爺爺提起寶、黛戀情時，朱天文說：「我想起了張愛玲來，這樣一位聰明的絕代佳人，這世上也只有爺爺可以與她為知心，而她現在一人住在美國那樣的社會裡，不會委屈嗎？她如果能搬來和我們一塊住著多好呢。我們都是真正敬重喜歡她，相信她見了我們也不會嫌我們俗氣的。」（《三三集刊》，第20輯）

　　《紅樓夢》渾然天成的神韻，在胡蘭成的眼中，呈現出明清以來小說中鮮有的人性自覺，所以「清朝惟《紅樓夢》的寶玉與黛玉是生

在大自然裡的」（胡蘭成，《中國文學
史話》），比起宋儒空氣下的榮、寧二
府，及賈政、賈珍等迂腐下流，「大觀
園中諸女子則尚有許多是活潑的」，紅
樓夢所欲表現的就是這種活潑自然的天
機，而中國歷來的讀書人寫小說，因思
想已迂疏僵化，因此寫不出這樣的自然
機趣，故「《紅樓夢》之後就不再有好
小說了」。他認為寫小說只寫眼前的景
物，而無神的示現、神的語言，那是失
敗的。「《紅樓夢》前八十回是寫自
己，後四十回卻是作者變為像旁觀者寫
他人的事似的，這裡發覺碰著了文章上
很深的一個問題了，以前可是不知不覺
中通過來了的。紅樓夢後四十回裡作者
便是這點上沒有搞得好。」「如現在的
日本作家，他們寫歷史小說，寫自傳式
的小說，寫眼前的景物，寫廣島與長崎
原子炸彈的記錄小說，便是都在這一點
上失敗了。連後四十回《紅樓夢》也是
在這一點在上煩惱了，不說失敗，也是
失意。」（胡蘭成，《中國文學史話》）
於是就文章而言，《紅樓夢》的前八十

大觀園中諸女子尚有許多是活潑的，
《紅樓夢》所欲表現的就是這種活潑
自然的天機。

回已是完整的。因此，胡蘭成對《紅樓夢》的觀感並不拘泥於字句的斟酌、人物的刻劃以及敘事觀點的轉移等小說解析上，他以「天機」、「神韻」的視角探討《紅樓夢》，是一種強調「意在言外」的美感解讀，與清代王漁洋「皆神到不可湊泊」的「神韻說」前後相映成趣。

對於《紅樓夢》的虛實問題，胡蘭成亦有其見解：「《紅樓夢》的滿紙荒唐話，然而沒有比這寫得更真的真情實事，惟文章之力可寫歷史的事像寫的是今朝的一枝花。」這種想像起來很洪荒，讀起來又覺得像是今天事的寫實手法，與一般的寫實小說有很大的不同，胡蘭成說：「法國小說家巴爾札克的寫實不如《紅樓夢》的寫實，這兩種寫實的方法一定要分別清楚，不論是學文學的或學歷史的。」在胡蘭成的心目中，好文章本身就是禮樂，因此閱讀好文章可以忘記禮樂、忘記中心主題，而文章主題自然會心。是故，「不為文學而看《紅樓夢》，可以讀個看個無數遍，也還是喜歡，想之不完。……文章更要忘記文學。文章要隨便翻出哪一段都可看。」《紅樓夢》是胡蘭成所謂的好文章，無論從哪一段看起都能自然融入，這樣的閱讀看似沒有中心主題，其實好的文學作品處處都可與其主題相見。「即是讀之不費心機，而自然可有思省尋味無窮。」在此論點下，胡蘭成顯然對紅學中的「索隱」不以為然：「但如《紅樓夢》亦有人要索隱，則不是曹雪芹之過了。」在胡蘭成眼中，《紅樓夢》雖是小說，然對讀者而言卻不是感情的刺激，而是知性的興發，他說《紅樓夢》：

……是有一種知性的光的。知
性是感情的完全燃燒，此時只
見是一片白光。而許多激動的刺
激性的文學，則是感情的不完
全燃燒，所以發煙發毒氣，嗆
人喉嚨，激出眼淚。知性繳是歡
喜的，連眼淚亦有一種喜悅。

（胡蘭成，《紅樓夢之外》，

《補天遺石》。）

相知相愛而不能偕老，應是人間最大
的憾恨。

知性的文章，往往是對人生提出問
題，而有些文章提出問題同時也解決了
問題，如：易卜生的《傀儡家庭》，娜
拉的出走是覺悟到自己獨立的人格並不
附屬於他人。那麼賈寶玉的出走是否也
解決了問題呢？其實《紅樓夢》所提出
的問題是沒有答案的，因為它不是可以
輕易解決的，胡蘭成說：

像賈寶玉與林黛玉的情，相知
相悅而不能偕老，應是天地間
最大的憾恨，可是我們也無法
想像寶玉因為黛玉的緣故，而

與薛寶釵史湘雲晴雯襲人等姑娘斷絕了？那末這個問題要如何來解決呢？這不是可以解決了的，它唯有就是如此的，是青空白日下，大觀園裡不盡的歲月和渺遠的人世。

　　問題的解決與否不在於形式，因為人生的覺悟是當下一念之間的事，不需要跑到另一個特定的場所去覺悟，所以朱天文認為賈寶玉的出家其實是風格化了，寶玉的覺悟可以就在大觀園裡，一場人生的故事，最終的結局就是大家繼續過日子，在那樣的時代裡，那樣的家庭中，該發生的故事還是會繼續上演，一切留給聰明靈秀的讀者自己去體會，而故事就這麼結束了。從這個觀點看來，紅樓夢前八十回已經是一個完全，故事起於一場補天的瑰麗神話，卻在現實的人間生活中結束，這未嘗不是一個好結局，因為在平淡的生活中，寶玉的心境已經是一個化境，其間的思想折衝，絕不會亞於第一回的綺麗神話與第五回的虛幻夢境。因此無論胡蘭成或朱文天，他們似乎從不為「紅樓夢未完」而發愁。

　　至於紅樓夢裡的戀愛情節，胡蘭成也認為是好的，寫愛，寫情，不如寫吵架，不如寫生氣，「林黛玉與賈寶玉時常又吵架，從來的小說寫戀愛沒有像這樣的。」而晴雯撕扇子、彩雲把賈環擲還給她的脂粉玩具拋入河水，在在都由生氣吵架寫出了人與人之間深刻的感情。能夠讀懂它的人，就不會為了他們總是吵架而以為他們不睦。這就是看到了物形背後的物象與物意，胡蘭成說：「物形背後有物象，那形纔也可愛。」（《三三集刊》，第17輯。）

賈寶玉見了林黛玉，只覺得天地都在，自己也在，見了她就是三生石上的盟誓都再現眼前了。見了她只覺人世什麼都好，沒有坑陷，什麼都可以不擔心了。這是見著她的真人了……。

賈寶玉與林黛玉的人性命相知，於是對她的形也愛，拿她的衣袖來聞，也是好的。愛她的眉眼與說話的口齒，愛她的身裁與穿戴。

看到一個人表面的形，不算認識他，要體會出其形體背後的象與意，那才是見到了真人，因此《紅樓夢》極少刻劃人臉部的表情，只是自然而然地我們就看到了她們內在細膩而幽微的情緒。所以胡蘭成說：

莊子：「無聽之以耳而聽之以心。」
看到一個人表面的形，不算認識他，
要體會出其形體背後的象與意，那才
是見到了真人。

並非無表情，而是刻劃出了表情背後的無，此點通於《紅樓

夢》極少描寫女人的臉面如何，而隨著行文，自然生動。

（《三三集刊》，第22輯。）

　　張愛玲對於三三成員來説，表面看來好像遙不可及，而事實上卻是他們生活中不可或缺的一環，他們對於張愛玲的作品，信手捻來，如數家珍。如朱天心在談「畫畫」的時候。

　　有一天拿起《張愛玲短篇小説集》，隨手一翻正是〈年輕的時候〉，才看完第一段就驚住了，難道我曾活在那三十幾年前嗎？或是我曾入過愛玲先生的夢？

（《三三集刊》，第6輯。）

　　三三對於中國的懷想，不僅來自胡蘭成的啟發，也有張愛玲的提示，馬叔禮每讀張愛玲〈中國的日夜〉都會怦然心跳，「張愛玲是在心疼中國文明的劫難難逃，她思想的背景裡，始終有著這惘惘的威脅。」（《三三集刊》，第5輯。）這種惘惘的威脅傳遍了三三每一個人的心房，因此當胡蘭成欲從《紅樓夢》中為人心的「荒涼」尋找救贖時，朱天文想到的不是別人，正是張愛玲，這不僅因為胡蘭成與張愛玲有著今生今世的相知，亦是因為張愛玲已將《紅樓夢》融入她的研究、創作以及生活中。因此提到《紅樓夢》就想到張愛玲，看到胡蘭成也想到張愛玲。張愛玲説：「《紅樓夢》永遠是『要一奉十』的。」（《張看》）因此她把它當作是一種理想，一種標準。就如同三三把張愛玲當作是一種理想，一種標準。

　　三三作者讀《紅樓夢》時，總是伴著張愛玲的作品一起讀，無論是她的創作或考據，例如：丁亞民認為真有鳳姐兒這個人，而且説不定就是作者的兄嫂，當小叔是個多情人時，兒時的記憶裡，鳳姐只能是能幹的、風采迷人的，然而「現實裡的鳳姐也許根本是個刁鑽潑辣的婦人，像張愛玲〈怨女〉的七巧也説不定。」（《邊城兒》）丁亞民説像這樣在現實生活中照顧家庭的女人，「在張愛玲的世界裡，她是七巧、白流蘇、戈珊，霓喜邋遢了一點，但還是；葛薇龍浪漫了點，也仍是。」要知道一個人的性情，可以從他喜歡的紅樓人物上尋得分解，但是這句話在丁亞民身上似乎了打折扣：「我約是個現實的，最是愛看王熙鳳的風光；但我這個喜歡，卻倒都是來自張愛玲的，張愛玲多寫到女心深處的折衝婉轉，叫我好像是更懂得王熙鳳不為人知的一面，所以忽生心酸。」丁亞民對於鳳姐的好感，不僅停留在她的風姿綽約上，更留心在她與寶玉的關係上，其由來都是緣於張愛玲的

現代作家解讀紅樓女性時，不僅停留在她們的風姿綽約上，更留心觀察人物之間非尋常的關係。

考據「夢魘」。寶玉的「玉」在《紅樓夢》中是一重要關鍵，那麼癩和尚與跛道士為通靈寶玉持誦，為的是治寶玉的病，把鳳姐扯進來做什麼？據說早本上有「鳳姐掃雪拾玉事」，那麼鳳姐與寶玉的關係應是非比尋常，丁亞民對此二人的關係極為好奇，於是他向張愛玲處試尋其解：

> 按張愛玲的說法，謂寶玉神遊太虛之事原是在此五鬼回，後來改寫時將神遊太虛事前調至第五回，五鬼回亦前調至此二十五回，若是，則叔嫂同魘魔法之事，線索已斷，其中的緣由今已淹滅了，難以猜測。顯然又是作者早死之一罪。

在丁亞民的論調下，王熙鳳與賈寶玉關係之深，當來自作者少年的生活經驗，而他之所以如此傾心於這個部分的考證，最大的原因卻是受張愛玲的影響。此外朱天文的《紅樓夢》也不無張愛玲的參與，她對於紅學的考據「有些惱惱的」，但是唯獨張愛玲的考據，她百分之百地相信。

> 有關《紅樓夢》的考據，我只看張愛玲一人的，而且還未看，已百分之百相信，看著不懂，真不懂的，仍然相信。另外一位宋淇也看看，因為和張愛玲是好朋友。張愛玲在序中道，「十年一覺迷考據，贏得《紅樓夢》魘名」，讀之掉淚。紅學裡我認為她的才是絕對的真的。
>
> （朱天文，《小畢的故事》）

　　絕對相信張愛玲的朱天文，亦認為《紅樓夢》八十回後不好看：「鳳姐完全沒了鋒頭，寶玉一昧傻笑，黛玉亦走了樣，居然出現『頭上簪一支赤金扁簪，腰下繫著楊妃色繡花棉裙』的異文，難怪把張愛玲駭了一大跳。」酷愛《紅樓夢》的人如此，就連跟《紅樓夢》不太有緣份的袁瓊瓊亦是因張愛玲的引介而發現《紅樓夢》的好：

掉進考據之學，就像是做了一場迷夢。

　　　　是張愛玲的《紅樓夢魘》，這書有點像《紅樓夢》的大索隱，比較版本不同，推究《紅樓夢》怎樣寫成的，改了哪裡刪了哪裡。我跟《紅樓夢》對照來看，零碎看了些，發現《紅樓夢》個別插進去看倒挺好看的。

　　這裡呼應了胡蘭成的說法：好文章「要隨便翻出那一段都可看」。三三作者讀紅樓夢，離不開胡蘭成，更離不開張愛玲，於是伴隨著胡、張二人的紅樓論調自然隨處可見了。

四、「餘韻」「未完」

　　三三作者與《紅樓夢》的關係可一分為三：首先是三三作家眼中的《紅樓夢》，這部份包含了紅樓人物論與情節賞析，它們是在胡蘭成「神韻說」指導下的「餘韻」。第二部份是三三作家對當時紅學界的省思，包括討論《紅樓夢》的作者是誰、考證派紅學的問題，以及當年國際紅學會議的成敗得失。三三作家的紅學考證無疑是服膺張愛玲的外家考據（〈紅樓夢未完〉等篇），尤其是丁亞民在八〇年代為中華電視台編製的「京華煙雲」，及九〇年代的「紅樓夢」，也許都可視為作家對林語堂模仿《紅樓夢》作品的興趣，以及從張愛玲以降，對「探佚學」的延續。第三部份是受《紅樓夢》影響的創作篇章，包括新詩、散文、小說，以及紅樓文句的引用等。

（一）「胡」說的呼應

　　三三成員在胡蘭成的指導下，對《紅樓夢》發表意見的作者主要有：朱天文、馬叔禮、丁亞民、仙枝，以及邀稿的對象袁瓊瓊等。他們探討的問題大多集中在人物論，寶、黛戀情的發展，以及丫頭們的心思。

1. 朱天文

　　朱天文曾說：「紅樓夢裡有三個人，皆是「天生麗質難自棄」，賈寶玉、林黛玉，與晴雯。」（《小畢的故事》）而天文似乎更喜愛談晴雯，雖然晴雯在《紅樓夢》中是芙蓉花神，然而她寧願晴雯是桃花的化身，她說：「我喜歡危險這兩個字……桃花就是非常危險的……在春天的邊際上開著，一不留神就要岔到外面去了，真使人懷念起晴

雯來。」（《淡江記》）因為晴雯對寶玉的至情及反逆，就像春天使萬物復甦的機鋒。朱天文比較紅樓女子的「英氣」，發現晴雯的英氣逼發比任何人都美，像「一條水光，一波雲影。」那尤三姐的英氣是「話劇性」的，王熙鳳的英氣又太世俗化了，林黛玉的英氣又不同，「她彷彿海天低昂迴盪，閃過一道青白電光。」而晴雯與寶玉的感情不像是戀愛，倒像是夫妻，原來賈寶玉的感情有四種：第一種是寶玉對黛玉自覺的愛戀，第二種是寶玉與襲人的感情，亦是自知的，第三種是寶玉對一般女子無差別的愛意，第四種就是他對晴雯的情了，那是怡紅院裡的家常歲月，古時夫妻只有新婚與大難時才知恩愛，而寶玉對晴雯的愛就是這種。「與晴雯，是寶玉在神前與最樸素的黛玉相見。」只有夫妻才會那樣的家常，那樣的樸素，從來沒有意識到什麼愛不愛的。而寶玉與晴雯又像是夏桀遇到了妹喜，幽王遇到了褒姒，為之發繪裂帛、傾城傾國。賈寶玉道：「千金難買一笑，幾把扇子，

尤三姐的一抹英氣，柳湘蓮可曾識得？

能值幾何。」天文不得不嘆道：「這嗤嗤幾聲裡，全都是晴雯的人在著了，又激烈，又危險的！……這寶玉原也是個煞星下凡，亂世覆國之人！晴雯便是英氣帶妖氣，正也是她，反也是她，毀滅了，完成了，都是她。」

朱天文討論紅樓人物時，將其分為「風」、「景」兩派，賈政、王夫人、薛寶釵、襲人是「景」，寶玉、黛玉、晴雯、熙鳳是「風」，「紅樓夢迷人的地方，還是那風光的撲朔迷離罷。」朱天文偏愛「風」派，所以在談論寶、黛、晴、鳳等人時，多有藝術警句：

> 寶玉黛玉生在大觀園人世的禮儀中，而兩人都有這樣一個大荒山靈河畔的夢境為背景，飄揚蕩逸，櫻花的夢境。現實裡尋常見面，也只是相看儼然的「儼然」，親極，真極，反稍稍疏遠的，似信似疑，帶著生澀敵對的。

> 薛寶釵的人生沒有這樣的夢境。

> 我就愛王熙鳳一等一的聰明人，善奪機先，言語潑辣，顧盼飛揚，好似神龍見首不見尾，隱隱一抹殺氣懾人。

> 林黛玉的一生……是為求一個絕對。……寶釵黛玉寶玉本不是通俗小說裡慣使的那種三角關係，因為黛玉的對手是寶玉，不是寶釵。早先黛玉每借寶釵為題發揮，也不一定真是嫉妒，多半還是激寶玉一激，試試他的真心。

逢此場合本就是女子特有的聰明，慣會假話反話，攪得人一頭霧水，含冤莫辯，她倒又好了。或者寶玉拜天地的那一刻才有淚如傾，他大觀園時代的結束，他身邊的人兒，他今後新的人生，人生裡那個最真最真的，迢迢的遠星啊。他是這樣清澈明白了，而面前一洗天地蕩然，他也膽怯的嗎？

探春，是位有氣概的。……生母趙姨娘討嫌，女兒可敬，做人都是自己做出來的。

鴛鴦

鴛鴦的一生，也是為了求一個絕對。

朱天文是生活在紅樓夢裡的，她有一個好朋友苔苔，講話細聲細氣，喜歡用紅色調子的東西，日常用品上總有一股淡淡的香味，「不覺使我想起紅樓夢裡的尤二姐」（《懷沙》）。史湘雲不是「O型的俏姐兒」，就是「B型的甜姐兒」，她這個男女朋友一大堆，最適合穿T恤牛仔褲的女孩，「扮男裝，啖

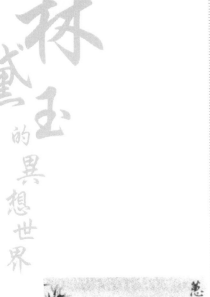

《紅樓夢》看似隨意書寫大觀園的風光，然而每個一事件的串聯，卻早已在無形中成就了人生的巨大課題。

腥羶，睡相跟仙枝一個模樣。」她最喜歡看晴雯罵人、黛玉利嘴和鳳姐的口齒春風，偏偏自己是個口拙的，「幾次被仙枝的快嘴快舌搶白冤屈，弄得一顆深心無處表白……這裡幸好有個賈寶玉也是個口拙的。」

2. 朱天心

　　比起朱天文在散文中有《紅樓夢》的賞析，在生活中有《紅樓夢》的影子，朱天心則是在她的小說創作過程中像是曹雪芹在寫《紅樓夢》。《擊壤歌》寫男孩與女孩一起玩，看似散漫無主題，其實字裡行間是有所貫連的。紅樓夢也是看似隨意寫大觀園的風光，然而每一件事情連貫起來，無形中已形成了它的人生課題。胡蘭成說：「《方舟上的日子》與《擊壤歌》可比是寫了前八十回《紅樓夢》，還有後面的要寫。」（《中國文學史話》）就讀者的角度而言，前八十回以可以視為一個完全，但是站在曹雪芹的立場，《紅樓夢》卻不能不繼續寫下去。朱天心的這兩部作品也是一樣的，就目前的文章來

看已是完全，但朱天心在寫作上所遇到的是人生的問題，「朱天心在
北一女的那些同學都就職的就職，結婚的結婚了，又若干年後開起同
學會來，見了面個個變得俗氣與蕩然，像《紅樓夢》八十回後有一章
是『病神瑛淚洒相思地』，昔日的一般姑娘都嫁的嫁了，死的死了。
這時變得這樣庸庸碌碌的昔年同學，又將如何寫法？」曹雪芹的難題
不知不覺也成了朱天心的難題了，當年一般的與姊妹們天真無邪，寫
的是自己的心境；後來姊妹們都變了，若是用旁觀者的立場來寫，則
又落入後四十回的困境中，因此，朱天心的繼續寫作需以《紅樓夢》
作為思考的借鏡。

3. 馬叔禮

馬叔禮曾經藉著他看郭小莊女士「紅樓二尤」的平劇表演來抒發
他對《紅樓夢》原著及改編劇本的觀感。對照小說與戲劇，馬叔禮認
為書上的二尤是多層次的，而劇中的二尤則是平面化了，他說：

> 祇這尤三姐為人……原是在妾身未分明時，對生命的一種奢
> 侈。……初是開開玩笑。到末了煞不住車，索性認真大幹一
> 場。這種膽氣，也使她突然覺悟到對生命的認真。……便斷
> 然潔身自好起來。女子對愛憎如此慷慨實在難得。無論順
> 逆，她都能做來響叮噹。
>
> （馬叔禮，《文明之劍》）

然而戲裡的尤三姐只取其潑辣剛烈，而不見其生命的多層次，是
一項不小的敗筆。此外戲中賈璉向柳湘蓮提親，不照書上說是自己的
主意，而據實說是三姐屬意，賈蓉替璉叔及二姐拉線，為的是自己以

豐兒

《紅樓夢》不像是一部書，倒像是一
場恍惚迷離的夢。

後鬼混方便，劇中也沒有交代，倒像是
賈蓉無聊了。還有柳湘蓮當面指著三姐
說：「你們東府裡，除了那兩頭石獅子
乾淨，只怕連貓狗都不乾淨」等，都是
編劇不合理之處。此外，馬叔禮對尤二
姐這個人物亦有精當的評述：「這個人
物難寫也難演，在於一個淡字。像聽古
琴，越淡越見功力。她性格上的平凡，
若不是生得一個淒苦的命，真不宜編
劇。」平劇人物既以含蓄為美，則尤二
姐的情感，就必須具有高度的藝術修為
來演飾，「她的演技要能昇華到成為一
種生命的姿態，直接用生命來撞動生命
了。」這是馬叔禮的要求，然而事實上
主角的聲音高亢卻微欠靜柔之意。至於
鳳姐與尤二姐之間的關係，馬叔禮也有
一番精采的著墨：

> 尤二姐的墮胎原是胡太醫的一
> 劑虎狼藥……二姐吞金，是因
> 為環境逼得她走投無路，又丟
> 了孩子，朝前也沒指望了，而
> 病身又無起色，纔狠心結果了

自己。她越發感激鳳姐的大度，便越襯出自己單純的可憐
……。

> 她（鳳姐）的厲害，使二姐委曲受盡，還蒙在鼓裡，反過頭來
> 感她的恩德，至終沒有「求大娘饒命」的話。

但是平劇裡的鳳姐和秋桐卻完全地「表面化」與「淺薄化」了。
劇中安排鳳姐接生，秋桐以滾水殘害嬰兒。這樣的編劇實不近情理，
也違反了平劇象徵化的美學作風。然而，《紅樓夢》改編成平劇劇本
卻是很新近的事，因此馬叔禮希望《紅樓夢》的戲劇能不斷地有所改
良，以期盼將來有更好的發展。

4. 丁亞民

丁亞民不僅讀《紅樓夢》原著，也喜歡看楊麗花歌仔戲的紅樓
夢，以及李翰祥的電影紅樓夢。在他幼年的歲月裡，《紅樓夢》不是
一部書，而是一個夢，一個恍惚迷離的夢。及至年長，才看出它是一
本書，然而這本書再怎麼好，也永遠不及幼年的那一場十年之夢。
「十年一覺《紅樓夢》，唯願常醉不願醒」（《邊城兒》）。他和張
愛玲一樣都有一場十年的「紅樓夢」，不同的是，他做的不是考據之
夢，而真正是一場迷夢。他在《邊城兒》書中有一篇〈屬於我的《紅
樓夢》〉，其行文彷彿是一場夢囈，在夢裡，他和寶玉、黛玉對話，
並不時跳出來發表評論，而且他還自己排了一個情榜，第一名不是
「情不情」的賈寶玉，而是《西遊記》裡的孫悟空，原因是：「孫猴
兒畢竟是化外之物，沒有寶玉的文明；但寶玉沾情，悟空更聰明，一
付怪模樣不叫女人起得動心，是早絕了情緣不近身。這跟和尚斷六根

李紋

現代人亦樂見《紅樓夢》裡青春可愛的俏姑娘。

不同，説斷便還是有過……。」所以第一是悟空，第二才是「浪蕩子」寶玉，第三是黛玉，「她是仙界絳珠草植到人間，仍有她天界前塵的記憶，思之不能忘不能釋懷，亦就不能有委屈不能妥協，是天仙謫凡，人間事她皆不愛。」接著是寶釵，「寶釵則是人世的，她委婉貴氣，體諒人，知人心，世事人情她皆存在心上。」最後是鳳姐，「到了她，完全是人生的實，現世的愛，熱鬧繁華風光皆是她的心悦，她愛逞強恃驕，慣會張羅，愛做巧人……。」從化外一直排到現實，鳳姐是最後一個了，「再岔一點的我皆要打落下去，棄之如敝屣，因為鳳姐已是個危險的了。」朱天文説晴雯危險，意思是晴雯心高志大，可惜是個丫嬛，但是她不甘為環境所拘，故而處處顯得反叛。她的危險，像是開在春天邊際上的桃花。丁亞民説鳳姐危險，意思是從寶玉、黛玉到寶釵，是無形的仙境、夢境往有形的現實裡去，到鳳姐，已是個完全實際生活裡的人，因她丰姿綽約，與大觀園又有密

切的關係，所以將她列入情榜，但也僅止於她，再現實一點的人，均已不夠資格入榜了。

此外，他與朱天文之論「史湘雲」時，也有異曲同工之妙。

> （史湘雲）是現代人極樂意遇見的俏姑娘，很具可行性，若在公車上搭訕，她不會賞你一巴掌，會甩一下頭髮，笑說：「哦，真的嗎？謝謝你，我都是用耐斯五六六。」她不扭捏，邀她上咖啡館，她會與你長談一夜，像是閨中膩友，然而要與她談情，她會對你笑說：「哦，我以為我們是精神上交通的朋友。」
>
> （《邊城兒》）

作家以其敏銳、細膩的文思去體會紅樓人物的性格與心境，並以散文小說的筆調重新改寫與詮釋，使當代讀者感受到分外親切與輕鬆的氣氛。而他們對《紅樓夢》的體會，多半來自本身年輕熱力的散發，以及靈感的文思泉湧。比之紅學論文所作的詮釋，自有一番嫵媚的風情。

5. 仙枝

仙枝對《紅樓夢》的體會著重在幾個丫頭的比較上，從這裡可以看出她最羨慕紫鵑與黛玉相知相惜的感情，黛玉待紫鵑無主僕之分，紫鵑服侍黛玉也最見情重，其至情至性，可與晴雯媲美。然而晴雯嬌艷，紫鵑家常，她純屬於瀟湘館，雖不能與鴛鴦、平兒、襲人的能幹相比，卻「她一心一意護著黛玉，是女子的細緻如風吹花落，一片片顛墜於綽約的花蔭下，她的烈是委之於土而不怨，隨侍於流水而不

晴雯也是至情至性之人。

顧⋯⋯。」（《珏緣未了》）

在仙枝看來，寶、黛、釵三人其實談不上情愛，寶玉是「真」，黛玉是「淚」，寶釵是「冷峻」、「數九寒天的冷」、「北極冰雪的峻」，她特別強調。若論真正的情愛，她認為是司棋與她表兄的那一段，「他們的殉情是有聲有色，在人事的惡浪裡翻滾了的，是經過一番賭命的。」與殉情相映襯的是「殉性」，那是「像鴛鴦的烈行」。其他人安安穩穩地過日子，亦不涉及浪漫激烈的情愛了。在他們的關係中，黛玉是一棵絳珠草，晴雯是一朵芙蓉花，香菱是一株不知名的小花兒，寶玉是園丁，只是他獨愛那棵絳珠草。

對於寶玉出家，朱天文認為那是「風格化」了，寶玉的豁脱可以就在大觀園裡，並不需要另外安排一個出家的場景來説明他的解脱。丁亞民則認為依寶玉的個性，他的結果應該不是出家，「無所謂的悟，那也是有人要強説出個結果來。」（《邊城兒》）朱天文與丁亞民的説法相近，然而仙枝卻是最浪漫

的，她説：「正如那年我發的誓一般，也只有你不阻攔我，我可以從那木魚聲中和妳神交，這也是我此刻唯一想著的。」她把寶玉出家幻化為在木魚聲中與黛玉神交，這種詮釋是和胡蘭成的思想風格最接近的，胡蘭成有一首詩的末句是這樣的：「獨愛求妻煮海人」，求妻煮海的張生，就是仙枝眼中的賈寶玉，是「方生方死，方死方生」的至情至性。

（二）「張」看的回眸

　　七〇年代的紅學正是考證派當道的時候，然而也正是它開始遇到瓶頸的時候。考證派所關注的首要重點是，《紅樓夢》的作者及其生平。不過在當時學術權威的籠罩下，紅學界始終難以突破《紅樓夢》的作者是否為曹雪芹的困境，以致大家在默認曹雪芹為作者的前提下，繼續進行研究，卻又內心隱然有所缺憾而難以發揮情思。三三作家們以旁觀者的立場，很清晰地看出考證派以及索隱論述的問題，並以創作者敏鋭的感受直指紅學困境的解脱之道，他們期許自我與文學素面相見，以此發掘紅樓本旨。而此處作家們談論《紅樓夢》的方式，事實上也與余英時所提出的紅學「有機説」（《紅樓夢的兩個世界》），在精神上有相互融通之處。

1. 朱西甯

　　民國六十九年，紅學會議曾數度在國內及國際間舉行，其中有一場在美國威斯康辛大學召開，台灣作家白先勇應邀做了一篇〈《紅樓夢》對遊園驚夢的影響〉報告，這場會議讓朱西甯印象深刻。朱西甯認為這場會議，熱鬧有餘，卻讓紅樓疑案徒然陷於膠著。原因就在於自胡適之後，大家懾於權威之強橫，而不敢對《紅樓夢》的作者有所

胡蘭成。

疑義。結果連作者是誰都不曾落案，遑論進一步的推敲。考證派只得在原地停留，做一些零碎無大用的題目了。朱西甯首先批駁周汝昌，因為他已經考察出曹雪芹五歲時即面臨抄家，又指出：「生卒年在一個作者事蹟首先要考察清楚的。」既考證出作者的生卒年，就應該進一步說明，曹雪芹恐怕對五歲以前家中的繁華無印象，是故《紅樓夢》的作者應該存疑。朱西甯第二個批評的是胡適，胡適是紅學權威、實證主義者，卻說出「最要緊的是雪芹若生的太晚，就趕不上親見曹家的繁華時代了。」並執意獲罪抄家時，曹雪芹已經十一到十五歲了。這是為了謎底而竄改謎面，胡適與周汝昌二人為了曹府抄家時，曹雪芹是五歲還是十五歲爭執不休，除了潘重規，沒有人懷疑《紅樓夢》的作者是否是曹雪芹，這不僅是紅學的瓶頸，亦是學術界普遍遇到的難題。問題在大家的思考僅限於一個權威所設定的框框裡，而不能突破它。朱西甯不以為然，他說：「讀《紅樓夢》可以就是我

這個素人來與之素面相見，而得相忘于文學、乃至紅學，這才是大觀園裡逍遙遊，偶涉紅學諸家宏論，也有實在看不過去之處的膽識，哪管你是誰的一家之說，一樣的自有我見。」此說與胡蘭成的：「不為文學而看《紅樓夢》，文章要忘記禮樂，忘記文學。」其道理可互相參照。也因為如此，才有仙枝等人無所依傍的詮釋。他們與《紅樓夢》素面相見，沒有紅學既有成規的束縛，頂多看看張愛玲與胡蘭成的說法。反而得到一種前所未有的親近紅樓之感。朱西甯說：「點破考查考證考據種種框框，大家都來興致勃勃的猜猜謎罷了。這樣先就好玩得緊，看看誰巧思靈活。」

張愛玲的小說集《傳奇》。

2. 袁瓊瓊

　　袁瓊瓊愛看《紅樓夢魘》及《紅樓夢新探》等考證人名、地名、年代、關係、數字、版本的書，勝過《紅樓夢》原著。原因是這裡呈現著「實際的人生」，她說：「實際人生裡沒有鋪陳，沒有佈局，甚至沒有情感波動，有時只是三言兩語反而使人心沉重。」小

金釧

如果讓命運自己來編，或許不是那麼回事。

說家本身有編故事的能力，因此單單看著考證出來的各種文字資料，就能夠想像當年的故事曾經怎樣美麗過。在袁瓊瓊眼中，曹雪芹、脂硯、畸笏是真實的人生；而《紅樓夢》則是一場「機巧、華麗、濫情」的夢，相對於當年實際的生活來說，《紅樓夢》大概就像電視連續劇一樣煽情吧。「《紅樓夢》因而尤其像夢了，不僅是曹雪芹所推演的夢，而且是曹雪芹自己的夢。《紅樓夢》支持了曹雪芹的下半生，不是為寫這本書，他的心境或許更難堪，《紅樓夢》是他們這沒落世家裡餘生眾人唯一的安慰。比較曹雪芹寫出的與未寫出的事，寫實和編造的事。《紅樓夢》一書中有了三個不露面的主要角色，那是曹雪芹自己，和主要的批書人脂硯與畸笏。」曹雪芹「編」出《紅樓夢》，袁瓊瓊卻不想死死地認定故事就是那麼回事，「若讓命運自己來編，或許不是那麼回事。」「《紅樓夢新探》呈露的是曹雪芹家族的繁盛與沒落，沒落之慘，紅樓夢自己都沒表現出來。」《紅樓夢》

強調的是「夢」，曹學卻亟欲考證出現實的人生，或許袁瓊瓊是比曹雪芹更注重實際生存的作家吧。然而無論如何，袁瓊瓊對於紅學的興趣，始終是比對《紅樓夢》大，在探索故事背後真相的同時，袁瓊瓊體會到紅學迷人之處：

> 我有點了解紅學為什麼讓人迷。《紅樓夢》一書像水面倒影，我們在從這個倒影推究出水邊的真相來，永遠只差一點點就破解了。有破解的可能性，可是總破解不開，結果就永遠迷人。

（《邊城兒》）

3. 丁亞民

作家們面對紅學時幾乎都能夠不受拘束，而可以運用自己的觀點解讀，丁亞民也不例外，「我是不管考據的，……卻是趙岡（《紅樓猜夢》）寫得我心大悅，愛極了他這巧人的巧理，姑且信之。……我看了忽然有意見，覺得如此影射來去太是巧又太是笨了，《紅樓夢》若按此一對一的編謎下去，不能夠如此生動。於此，我跳開趙岡的說法，獨自再來看《紅樓夢》，果然此處有個懸疑。」朱西甯曾經讚賞趙岡猜謎猜得比周汝昌、胡適等人好，袁瓊瓊也說，紅學迷人之處就在猜謎，丁亞民卻認為趙岡的猜法還嫌笨，因此非得回到原著去探索。因為紅學的考證，目的是讓我們無限逼近《紅樓夢》的真，既如此，則《紅樓夢》本身就是考證的線索之一，當丁亞民暫放下考證而回到原著時，果然就發現了書中的重重疑案。這裡透露出一個重要的訊息，猜謎猜得越癡迷，反而離「夢」越遠。考證派所關心的如果只

是考證，那麼《紅樓夢》將永遠只是個
「謎」。

（三）紅樓用典與再創作

　　三三作家與大觀園內的青春稟息親
近，更有胡蘭成、張愛玲、朱西甯等人
對紅樓的重視，因此在創作過程中，有
〈好了歌〉的出現，有與林黛玉、賈寶玉
同遊、對話的情景，也是自然而然的。
以下分為新詩、散文、小說三項來呈現
紅樓夢對《三三文學》作家的影響。

1．新詩

　　紅樓夢第一回跛足道人口念〈好了
歌〉道：「世人都曉神仙好，惟有功名
忘不了，古今將相在何方？荒塚一堆草
沒了。……」三三集刊第廿二輯《桃花
渡》亦有一首裘林的〈好了歌〉：

玉釧

任落，成泥，心老。一切也不再知
道。

> 為了自己的耕種自己的膚
> 搭吧走吧是自己的橋
> 黑管、高低薩、大小提琴
> 我寧掀起朗誦，祇要你們歌
> 那枚小小郵票的鄉愁

為了我曾為紅樓失眠
請以現代非夢覆我
當木棉花泛起了笑意

讓長笛長出你們的歌
也讓南胡與定音鼓
拉打成經；會是一個結
一株璀璨自地昇起
一種新姿，不剪即成影
四面八方都是，我們的
歌我們的歌我們的
春風三月雨

在三三創刊集《蝴蝶記》中有一篇〈依白與我〉（高廣豪作），文後的〈心老歌〉，馬叔禮說「讓人想起了〈好了歌〉。」

來也好，去也好，多了又會再少。
真也好，假也好，閉眼隨風化去了。
春不語，花再開，花開也會自落不少。
任落，成泥，心老。一切也不再知道。

這首詩頗有紅樓夢〈好了歌〉、〈葬花詞〉之警醒世人的意味。事實上高廣豪這篇〈依白與我〉的短篇小說，有許多地方顯是受《紅

樓夢》影響而成的，於是馬叔禮説：「她唱心老歌，可比『秋風無限瀟湘意，欲采蘋花不自由』。」

2. 散文

丁亞民〈屬於我的紅樓夢〉一文中有這樣的幾段話：

> 卻說那日我重遊紅樓夢，也不知是何天氣，只見大觀園裡景象依舊，瀟湘館翠竹依舊，蘅蕪院開軒迎風，花廊下走過幾名女子，喜洋洋的往怡紅院去了。我見了無端好笑，想著所謂的夢幻，所謂的歷劫，反倒後世的看官了，大觀園裡風光依然，一個個都好端端的，就連黛玉依然是挑著花鋤花帚在對過小岸坡葬花呢！依然是歌，說什麼：儂今葬花人笑癡，他年葬儂知是誰？——又是大太陽底下的喪氣話這是了！當下見了好笑，說：「好呵，看誰還這樣沒完沒了

秋紋

寶玉的小爺們性情，怡紅院裡的青春女兒最知道。

的！」她聽了眼淚未乾，招手笑說：「是你呀！」我道：「妳跟寶玉又怎麼了是不是？」她淚隨即應聲而掉，正是那句好話，是眼中能有幾多淚珠兒，怎經得秋流到冬，春流到夏。

金玉良緣之事，黛玉亦和我一樣是不信的，我說起那謠傳，……她慣是眉兒一蹙，笑道：「是麼？這謊兒也實在不高明，那旁人且不提，就寶玉即使是以起了呆症作幌兒，豈能將我跟寶姐姐分不清楚呢？而既然外面的人都當寶姐姐是慣會做人、玲瓏別透，怎又忘了要她如何交代於我呢？我看這話又是外面的人編排的，存心是要貶他二人，瞧把寶姐姐描繪成這樣木膚膚！」

來說說我們這位寶二爺。那日我見他自蘅蕪院惹了無趣又要往瀟湘館找奚落，半途兩人狹路相逢，先便在園裡逛盪，他是個大閒人，一派心思閒逸的模樣……寶玉說大家都知道，大觀園這一干人都讓續書者給弄得家破人亡，不管他也罷……可是，這筆公案究竟該如何解決呢？寶玉詭詐一笑，說：「你呆瓜，不解決不就成了嗎？！」上回遇到一個人議論說：「是像寶玉這樣一個人，末了也畢竟是負了黛玉。」我說給他聽，寶玉又賴皮起來，小爺們性情，哼道：「是嗎？惜是他不懂得！」我看他這等不服氣，問：「那你是沒負嘍？」他隨即又搖頭晃腦苦惱起來，說：「這不是什麼負不負的！就像上回仙枝說四郎探母，是說忠孝，亦是不忠不

孝，你要拿他怎麼說呢？」當下我隨即懂了，跳起來便要打他，說：「好啊，你這人！」兩人一件心事笑在心底，先就在大觀園裡玩耍去。

（《邊城兒》）

丁亞民心中的賈寶玉、林黛玉是永遠不要長大的，他將寶玉、黛玉，甚至《未央歌》裡的小童，都當成是他的好朋友一般遊戲筆墨。從文中亦可看出丁亞民對紅樓夢續書的不滿，以及他心目中的寶玉是個瀟脫、紈褲的小爺們。

此外，在朱天文的散文中亦可看到《紅樓夢》的痕跡。朱天文在〈懷沙〉一文中曾說：「我想和淡水的山水玩，一面玩，一面辦三三，等三三成事了，就化成一縷輕煙吹散去。」如同賈寶玉曾說過的：「只求你們同看著我，守著我，等我有一日化成了飛灰，飛灰還不好，灰還有形有跡，還有知識。等我化成一股輕煙風，一吹便散了的時候，你們也管不得我，我也顧不得你們了，那時憑我去，我也憑你們愛哪裡去就去了。」朱天文在《淡江記》裡說：「今天三三所做思想運動而被時人譏為空想家，皆是一場荒唐。」「是從一場荒唐仗裡打出來的。」《紅樓夢》開卷云：「滿紙荒唐言。」這裡朱天文是將經營三三比為當年作者撰述《紅樓夢》的苦心了。

3. 小說

陳芳明曾分析張愛玲的小說：

張愛玲之接納傳統文化，表現於她所經營的細微格局，以及她所揭示的偉大主題。大題小作，無疑是宋代話本與明清小

說一脈相承的傳統。從明代的
《三言》、《二拍》到《金瓶
梅》、《紅樓夢》的出現，都
顯示了傳統小說對中國大社會
的小悲劇的重視。……張愛玲
熟讀這些古典小說，有時還不
自覺使用了前人的辭句。……
張愛玲小說藝術之所以放射無
限的魅力，便是因為她避開了
才子佳人或聖人英雄之類的題
材。張愛玲不擇細流、不卻細
壤，終於成就了巨大的主題。
傳統文學的生命力，到她手中
又得到復甦。

（《危樓夜讀》）

張愛玲的英文小說《秧歌》。

　　因此古典小說對現代作者的影響，
是值得我們細細品味的，以三三文學而
言，《紅樓夢》裡寫的是中國人家常的
情感與對話，寫得那樣自然，使得三三
群士們了解到寫人需真實自然，「賈老
太太對媳婦邢夫人說話，雖是斥責，亦
還是顧到對方的面子，賈政那樣迂，對

林黛玉的異想世界

翡翠

三三作家與大觀園裡的青春男女具有
同樣飄逸不羈的天真稟賦。

兒女親而不熱，都有一種賓主之禮，賈
府，主子連對老管家們亦禮之如賓，否
則也不能有那樣活潑的鳳姐了。鳳姐的
綵衣娛親，說話討老太太喜歡，那是
與中國人對賓客說話的同一風光。」
（《三三集刊》，第22輯。）朱天文說：
「父母子女的做得不像父母子女，即與
人家戀愛也不是一回事便是這自然。」
（《淡江記》）寫小說若刻意寫得父慈
子孝、兄友弟恭，連談戀愛也風花雪
月、熱情如火，那就失去真實自然了。
因此像仙枝〈一枝草一點露〉中張義對
他的母親，〈夢中娘〉裡的嬰兒睡中
微笑，是與夢中的「祖母」玩耍，以
及〈于歸〉中，姐姐出嫁時的糊塗情
景……，這些都是自然，也都是中國家
庭裡的人世風景。

　　前述〈依白與我〉中亦有兩段像
《紅樓夢》的話，依白說：「凡是晶瑩
透徹的品樣，都是從大化陰陽失調裡
不小心竄出來的，流亡在人世的。」
使人彷彿看見了《紅樓第》一回裡補
天遺石的故事，「其實是中國傳統的

觀念。『反者動之道』。」馬叔禮卻說，這篇小說卻沒有《紅樓夢》寫得自然，「因為《紅樓夢》起筆是神話，本就在合理不合理的問題之上，而〈依白與我〉則是落實的，固然他是用對話來表現，但總覺牽強。」小說中的我與依白從來沒有好聲氣的對話，亦很像寶玉和黛玉的口吻。「都是頂認真，頂把對方的毛病看在眼裡，但也沒有人比他們更相知，更要好的。人要好到把生命都給了對方，便看對方處處如看自己，對方說錯話，是自己丟面子。」依白似乎也有林黛玉的心情，當她面對悠悠的天地，無盡的人世，她只有唱唱〈心老歌〉來咒咒自己吧。

傳統文學對現代人生活的影響，可以從古典小說在現代小說的「再生」中找到線索，三三的主要作家們，以及大多數的投稿人在當時多是高中至大專的青年。他們的作品極天真，富有年輕浪漫的創作氣息，使人無異於領受著大觀園這美好國度的青春與熱情。

由於文化背景的差異，導致不同的社群對於《紅樓夢》有不同的詮釋角度，三三文學社團僅是其中一例。猶如日本侵華時期，索隱派的紅學論者將《紅樓夢》賦予反清復明的政治思想。在台灣一九七〇年代鄉土文學論戰風氣下的三三成員，不自覺地以《紅樓夢》及其他中國古典文學抗衡鄉土論述，借以迴護懷想朦朧的中華文化，使得《紅樓夢》在當時台灣社團性刊物中發展出自成一格風流嫵媚的論調，是在大眾文學以及現代派作家以外的另一類紅樓接受美學。而鄉土派的文壇大老葉石濤在一九九〇年代亦曾以追溯的方式談論早年閱讀日文版《紅樓夢》的景況，並發表對於北京官方紅學研究的看法，則鄉土文學論戰中的兩方對應立場似乎都在《紅樓夢》中找到

了發揮的著力點。

　　台灣文學界作家，尤其是文藝社團中的青年學子，以同儕間的情誼與大觀園裡的姊妹兄弟素面相見，體貼並接受他們。胡蘭成雖自認為是帶領著三三走向正統中國，然而他的旖旎文風，及其備受爭議的一生，卻又是正統之外的一條歧路，在這一條風景殊異的紅學小徑上，詮釋同質性的浪漫主義作品《紅樓夢》，便自有一番風流韻致的解讀與書寫。其運用心靈、巧思體驗《紅樓夢》的作法，大致而言為作家本色，與晚清以來研究《紅樓夢》時所採取的樸學與史家考證作風，有著本質上的異趣。

　　三三成員因其共同的意識型態而廣泛地閱讀古典作品，更在精神導師胡蘭成與張愛玲的影響下，閱讀、詮釋、創作有關《紅樓夢》的議題。他們對《紅樓夢》的論評是直觀與直覺式的原則，並不考據曹雪芹的傳記與清代的歷史，而視《紅樓夢》為一部探討人生的大書，他們對《紅樓夢》的解釋，通常亦就是胡蘭成或張愛玲的解釋，再加上自己青春熱情的參與，而構成了一種風流多情的詮釋風格。不僅在寫作上受《紅樓夢》的影響，甚至他們的人生以及創作的心路歷程，也都是以《紅樓夢》為其良師益友。直到胡蘭成去世，朱家姊妹長大了，便是三三大觀園時代的結束。

從白先勇到蕭麗紅

——小說家的紅學觀

《現代文學》是一份在一九六〇至七〇年代初期，有系統地將二十世紀西方現代主義譯介於台灣的文學刊物。其間的作家群，在當時台大外文系的文學殿堂上，對現代主義理論及其文學技巧曾經廣為吸納，甚至借鏡西方的文學理念來檢視現代中國人的生活與心境，並且一再地試圖為台灣文學的發展，理出一條具體可行的成功途徑。不僅小說寫作者從此躋身文壇，《現代文學》這份刊物本身亦在台灣文學史上留下了不可抹滅的重要地位。

如上所述，《現代文學》是一九六〇年代台灣學院中帶有「研發」性質的一本同仁性刊物，它的聲譽和權威，在文學批評界被視為是嚴肅文學的代表，與大眾通俗文學雜誌，如《皇冠》等，分別在台灣文學社會中樹立起相互對應的關係位置。根據李歐梵的〈現代文學中的「現代主義」和「浪漫主義」〉一文所示，以瓊瑤為代表的《皇冠》

從三〇年代的上海到六〇年代的台北，商業化的浪漫愛情故事成為紅樓文本的延伸。

大眾通俗文學，其上游史線來自五四時期的浪漫主義傳統。經過二〇年代的郁達夫、丁玲，在三〇年代的巴金達到五四浪漫主義的高峰，而在張資平、章衣萍、無名氏等人身上開始轉入商業化的領域，進而產生鴛鴦蝴蝶派的作品。直到徐訏的《風蕭蕭》和王藍的《藍與黑》，商業化的羅曼蒂克愛情故事直接成為瓊瑤的言情小說開啟了一系列的寫作路線。

相形之下，追溯《現代文學》的歷史線索則略為繁複，一方面是二十世紀初一次世界大戰後，人們開始反省歐洲工業文明及新興中產階級庸俗的價值觀，當時作家研投入寫作技巧的研究與實驗，他們藉由心理學探討個人的內心世界，進而開發自我追尋的文學書寫新視域。此一超脫傳統的觀念與精神在一九六〇年代初期為台灣的一群師生所援用與實驗。而他們作品的主題則往往在於關切現代海外華人在傳統秩序與西方文化衝擊下，生活與思想的轉變，例如：白先勇的《紐約客》、《台北

人》，以及王文興的《家變》等等。
他們自詡為中國固有文化的傳承與發揚
者，因此他們寫的總是中國人，說的也
是中國故事。誠如詩人楊牧及曾任《現
代文學》主編的姚一葦所言：「舊文學
對台灣現代文學的影響難以明示，但滲
透的程度，比血液還甚；一個中國人絕
不可能從他的意識中完全甩掉自己的文
學遺產。」作家白先勇也曾明確地說：
「我們的傳統在我們的血液裡面。」
（白先勇，1987。）

　　《現代文學》的作家群對中國古典
文學及文化傳統的重視程度，可與其譯
介西方現代主義的精神等量齊觀。他們
集體的文學作品為一九六〇年代的台灣
文學開展出一道特殊的文學風貌，以西
方意識流、心理學、內心獨白等形式技
巧鋪敘中國人的歷史滄桑，形成「中、
西『混聲合唱』在台灣」的特殊景觀。

「傳統，在我們的血液裡。」白先
勇說。

一、二度西潮

　　一九六〇年代台灣的知識青年在新
與舊、中與西之間尋找認同的對象。由

於二、三十年代的中國作家作品還在禁書之列，赤色中國又是最深重的威脅，而台灣的全面政治動員，以反共戰鬥文藝為主流的定調，亦不能滿足知識青年對文學的追求。當時台灣在風雨飄搖的環境中，最迫切的呼聲就是「現代化」。這經濟、工業現代化的需求，同時習染到文化層面來。就文學思潮本身的變遷而言，台灣文學在為反共救國等政治目的服務過一段時間後，文學創作者很渴望能藉由作品深入個人的內心世界和主觀意志。於是《現代文學》不僅譯介現代主義的作家、作品與評論文章，同時也運用現代主義的文學技巧，例如：意識流、佛洛依德的心理分析、象徵、內心獨白等手法探討生命中深刻幽微的思緒。猶如外科醫師剖析人體，《現代文學》的小說家則剖析人的心理。他們創作小說，同時也檢視、分析中、西小說名著，多位作家因而道出《紅樓夢》是他們少年時期成長的同伴，也是他們一生創作的借鑑。

除了台大外文系的學生創辦《現代文學》，為文學揭開了現代主義的序幕之外。西元一九六五年另有一群留法的學生創辦了《歐洲雜誌》，而同年影劇界則還有一份名為《劇場》的刊物。台灣讀者透過這三份期刊接觸歐美的存在主義、荒謬劇場，進而帶動台灣文化普遍性地趨向西風，與一九二〇、三〇年代上海的一度西化相比，台灣二十世紀中期的現代主義思潮，為劇作家馬森稱之為「二度西潮」。

二、白先勇與王文興

白先勇認為偉大的文學必須同時兼具其時代性與超越性，例如《紅樓夢》寫十八世紀、乾隆一代的貴族興亡，卻也同時反映出人生

變幻、世事無常等超越性的主題,而每個時代的人閱讀《紅樓夢》,都從中體會出不同的意義來。因此重要的小說通常含有多重主題,而人們卻不必然以主題來類別小說的優劣,重要的是,作家是否應用了適當的形式來表達其所欲處理的題材。「我認為一部好作品之所以了不得的話,是因為在每個時代都有新的意義產生,這樣才會長存下去。」(白先勇,1987。)他說:

「不管怎麼寫,還是重複著老祖宗說過的話。」

> 一本書文字的好壞並不能單獨抽出來看,要看整本書的體裁。

> 講文字,得跟題材配合,《紅樓夢》的題材很典雅,是極華麗富貴的,感情很濃的。如果《紅樓》用很白描的白話泛開來,恐怕不能表現得好。曹雪芹是很講究技巧的,他對詩、詞、曲,尤其是曲,很熟很熟;文字,我想他是注意的。

鳳姐這個人，三言兩語很難講
清，曹雪芹設了很多條線，多方
面反映出她是怎麼的一個人。

白先勇並不刻意將文學的語言與
形式，用「傳統」與「現代」來截然區
分，他更希望嘗試將傳統融入現代，文
學風格本身與內容的配合，可以增加題
材的效果，在創作過程中突顯其主題意
識。白先勇將小說視為一種藝術，因此
從文學的形式與技巧來判斷其完整性是
比較客觀的批評法則。作家最重要的事
就是以美的形式表現普遍而永恆的人性
課題，故事本身並不重要：「不管怎
麼寫，我們還是在重複老祖宗說過的
話。」（白先勇，1990。）

白先勇重視《紅樓夢》的藝術技
巧。觀察書中人物形象的塑造，他認為
人性中善惡的衝突是小說家最感興趣的
課題，現實生活中，個人與天的衝突、
與社會的衝突，甚至於人與人之間的衝
突，在在顯示了人性的複雜。了解人性
的作家才能創造出成功的藝術典型。

有經驗的作者一定不會三言兩
語把它講盡，一定從多方面

反映，像紅樓夢，鳳姐這個人，到底是怎麼樣一個人，你三言兩語很難講，但曹雪芹就厲害了，他設了很多線都表現了鳳姐的一面，她對應長輩的，對應下人的，對應情敵的，對應丈夫的，他從來不講鳳姐是怎麼樣的一個人，他是從各方面表現出來，這才是戲劇化。

（白先勇，1987。）

白先勇強調：人性本能中的惡性、色慾與道德理性的種種衝突，往往成為小說家取之不盡的題材。以現代派文學擅長分析心理、刻劃人性的角度閱讀《紅樓夢》，白先勇首先感到的是——佩服：

我看曹雪芹之所以偉大，他看人不是單面的，不是一度空間的。他對這樣兇、這樣心毒手辣的女人，她極人性的一面，他也顧全得到。因為人不可能完全壞的，而且鳳姐，講起來，整個來說也不算是完全百分之百喪失道德能力的人，你看她臨死對女兒那種母愛，我覺得是很動人的一幕。是賢妻良母的話，寫他人臨死對女兒關切，不會怎樣動人，但像鳳姐這樣的人物，到死的時候如此淒涼，尤見曹雪芹悲天憫人之心。

（白先勇，1987）

將鳳姐死前懇求劉姥姥搭救巧姐的一幕，對照劉姥姥一進榮國府時，王熙鳳不可一世的高姿態，我們怎能不感歎世事無常？對白先勇

林黛玉的異想

鳳姐死前懇求劉姥姥的一幕，對照劉姥姥一進榮國府時，王熙鳳不可一世的高姿態，叫人不得不感嘆世事無常。

焦大只出場兩次，第一次就對賈珍下了道德判斷。

而言，小說是先有人物才成其故事的，因此他對人物刻劃的要求很高，如果作家沒有一定程度的人生經驗，對於人性和人生觀沒有完整的體認，便很難出現好小說：

> 《紅樓夢》裡面沒有十全十美的人，也沒有一個十惡不赦的人。
>
> （白先勇，1987。）

在小說敘事觀點的選擇上，白先勇分析《紅樓夢》作者善於運用「全知的觀點」來表達小說主題中的各種概念。例如：借忠僕焦大之口說出賈府子孫不肖，及其家風墮落的悲哀，這便很有說服力。又如賈家榮華富貴、盛氣凌人的家業，經由劉姥姥一個鄉下老太婆的眼睛來看，又比任何人都更有效果。

> 焦大只出場兩次，第一次就是罵公公爬灰，對賈珍下了道德判斷。

從一個幾代的忠僕，他吃馬尿，省下水給賈代化，從這忠僕來看他們的家勢，第一是可信，因為他經過呀，第二以這樣一個忠心耿耿的義僕來批評他的少主……比作者自己寫一段罵賈珍，有效得多。

第二次出場……在抄家以後。我記得他講，我只跟太爺去綁別人的，到這個時候，我怎麼會給別人綁呀，你想想，一個八九十歲的義僕到賈政面前痛哭，這一場非常動人，表現了賈家的沒落，……從義僕的眼光來敘述貴族家庭的沒落遠比曹雪芹自己說有效得多。

劉姥姥進大觀園一段，發生了很大的意義，非常細膩，非常精微的來批評賈家那種朱門酒肉臭的生活，因為主題之一是賈家的興亡。劉姥姥問鳳姐茄子怎麼做的？鳳姐說這些茄子用多少隻雞來配，……又問賈家吃幾籮螃蟹，劉姥姥在算，五五二十五，三五一十五，夠我們鄉下人一年的生活了，那種窮極奢侈的生活由劉姥姥的嘴來批評，可信得多。

（白先勇，1987）

　　作家深知小說中每一次觀點的轉移都是不容易的事，像是開車變換車道，自有其危險性。然而《紅樓夢》的作者卻能夠自然地將敘事觀點從寶玉身上（通常寶玉在場時，作者都是以寶玉的觀點看事情）轉移到更適當的人選上。這種觀點轉移的運筆技巧，西方現代小說理論中稱之為「shifting view-point」。《紅樓夢》既是一部複雜的小說，則

不可能單用第一人稱敘事到底。然而在「全知觀點」的運用過程裡，該選擇那一號人物作為視角，以及每當觀點轉換時，如何自然而不露痕跡？卻又是一門匠心獨運的學問。能從這個角度解讀《紅樓夢》，顯示白先勇本身作為小說家的傑出。

此外，《紅樓夢》在結構層次的安排上也非常得宜，勝於其他世界著名。《紅樓夢》的主題之一是人生聚散的無常，白先勇舉出在凸碧山莊賞月的那一晚，一反過去的烈火烹油、鮮花著錦。先是賈母不肯睡，眾人勉強說些笑話湊趣兒。待賈母瞌睡睜眼醒來，眼前只剩探春一人，搭配著淒涼的笛音，真有曲終人散的悲涼。接著寫湘雲和黛玉聯詩，最後出現「寒塘度鶴影，冷月葬詩魂」的詩句來，前者暗示賈府的凋零，後者預告了女主人公的死亡。作者將此二場景緊鄰在一起，加強了《紅樓夢》的主題。所以小說結構層次的安排得當，也成了烘托主題的有利條件。

聽著淒涼的笛音，真有曲終人散的悲涼感。

場景的安排，在小說中是很重要，這一場這個時候出，那一場那個時候出，很要緊，等於戲劇，場景的轉換在戲劇裡更重要，某一場在整個戲的先後，不能亂來。

整個來說，《紅樓夢》裡，每個人出場的先後，每個場景安排的先後，都很好的。

（白先勇，1987）

關於《紅樓夢》中運用實際的語言文字象徵抽象的意義，白先勇也做了闡述和分析：

中國文字長於實際象徵性的運用，應用於symbol，應用於實際的對話，像《紅樓夢》，用象徵討論佛道問題，用寶玉的通靈玉，用寶釵的金鎖，很concrete、很實在的文字。
從頭到尾完全是非常實在的action，非常實在的人物，表達了非常抽象的問題。

（白先勇，1987）

《紅樓夢》作者以具體節令的移轉，透露中國式的人生觀。以時節表現時間的歷程，又同時襯托出人物內心意識、情感的流動，這是高度的象徵藝術。《紅樓夢》中一真一假兩個寶玉，也可以說是象徵著寶玉內心出世與入世的掙扎。白先勇說：「賈寶玉真正的意思是要出家，甄寶玉呢，是social being，社會化的，走社會要求的路，求功名，象徵意義重。」在中國，儒家的理想世界和佛道的理想境界是不

相容的，因此寶玉感到掙扎。這種象徵的技巧，西方現代文學要晚至二十世紀德國文豪赫曼・赫塞的《傍徨少年時》等作品出現才成形。曹雪芹用摔玉（欲）這個動作試圖解除人生最痛苦的根源，「這就是《紅樓夢》之偉大，雖然表現的是很抽象的思想，但是，卻寓在那麼實實在在的生活裡。」白先勇如是說。

儘管構成《紅樓夢》成功的藝術條件很多，但是最基本的還是語言本身的魅力。白先勇明白地領悟到自己的文字受《紅樓夢》影響很深。曹雪芹能將《紅樓夢》中如此複雜的世界栩栩如生地描繪出來，需要相當高的文字技巧。白先勇最注意的其實是《紅樓夢》中的對話，如果將小說的文字大致分為兩部分，則一部分是敘述，另一部分是對話：

> 《紅樓夢》中的對話技巧，在中國小說史上是無出其右的。他這種技巧，西洋批評稱為劇景法（scenic method），他能夠把《紅樓夢》中的每個劇景（scene）都處理得那樣成功，整本《紅樓夢》從頭到尾都成功的戲劇化了，因此《紅樓夢》呈現的世界是那樣的生動活潑，歷歷如繪。
>
> （白先勇，1987。）

《紅樓夢》中寶玉和黛玉的對話全是日常生活語言，卻又能輕易地談禪說玄，其功力在於「對話」，因此白先勇肯定地說：「要學對話嗎？熟讀《紅樓夢》。」文學作家如果有豐富的閱歷和悲天憫人的襟懷，卻獨缺很好的文字技巧來表達，是多麼可惜的事。「單是好文字，不能寫出好小說，但是好小說，一定有好的文字。」白先勇說：「影響我文字的是我遠在中學時，看了很多中國舊詩詞，恐怕對文字

的運用，文字的節奏，有潛移默化的功
效，然後我愛看舊小說，尤其《紅樓
夢》，我由小時候開始看，十一歲就看
《紅樓夢》，中學又看，一直也看，這
本書對我文字的影響很。」人生的豐富
情感，如果能夠以適切的語言表達出
來，受惠的將不僅是作家本人。

　　許許多多讀者都喜愛白先勇筆下女
性，像是：金大班、尹雪豔……。她們
個個形象鮮明難以歸類，《紅樓夢》開
宗明義即反對「千部一腔，千人一面」
的模式，因此書中的女子也各有不同的
容貌情性。堪稱白先勇專家的歐陽子曾
說：「身為一個男人，白先勇對一般女
人心理，具有深切了解。她寫女人，遠
比寫男人，更細膩、更生動。」而白先
勇卻笑著說：「我不覺得我偏重女人，
我什麼都寫啊！我小時候，最親近的倒
是一個副官。」白先勇確實賦予了每個
小說人物力透紙背的藝術化個性與歷
史滄桑感。〈永遠的尹雪豔〉裡說：
「宋家阿姐，『人無千日好，花無百日
紅』，誰又能保得住一輩子享榮華，受

以男性觀點而言，白先勇和賈寶玉一樣，
對於女性心理有深切的理解。

林黛玉的異想世界

富貴呢？」一句話道出了「台北人」的底蘊，那是一首沒落貴族的輓歌，換成《紅樓夢》的話，便是「好了歌」：「世人都曉神仙好，只有金銀忘不了！終朝只恨聚無多，及到多時眼閉了。」

現代主義是西方戰爭瓦解傳統價值秩序的產物，對人類、人生信仰的動搖，以飽含悲觀、懷疑的態度看盡炎涼。白先勇與《紅樓夢》關係最深的作品是〈遊園驚夢〉，故事藉竇夫人眼中富麗堂皇的宴會傳遞一項訊息：如此華麗唯美的大觀園，其實只是一場虛幻的夢境。〈遊園驚夢〉「以戲點題」的藝術手法源自《紅樓夢》，小說以《牡丹亭》提醒世人彩雲易散、歲月無常，唯解脫是真。曹雪芹預示了帝國文明的衰退，而西方世界卻是在戰後文明毀盡之時，才有如大夢初醒。魯迅因而形容《紅樓夢》：「悲涼之霧，遍被華林」。

中國小說以人為本，戲曲也以人物為刻畫的主軸。白先勇小說的「忠僕」形象，是他著力甚深，用生命與情感寫就的藝術典型。《台北人》裡秦義芳，

〈遊園驚夢〉「以戲點題」的藝術手法源自《紅樓夢》。小說以《牡丹亭》提醒世人彩雲易散，歲月無常。

這個上將的貼身副官，曾經跟隨主人南北征戰數十年，一旦年老多病，即被辭退，住在台南榮民醫院裡，羞於向人提及自己被趕出公館的委屈。誰知主人竟比他先走！他抱病前來奔喪，對那些頭臉收拾得十分乾淨的年輕侍從官萬分惱火：「長官直是讓這些小野種害了的！他心中恨恨的咕嚕著，這起吃屎不知香臭的小王八，那裡懂得照顧他？只有他秦義方，只有他跟了幾十年，才摸清楚了他那一種拗脾氣。」秦義方的忠僕形象具有賈府焦大的特質，也是白先勇說他自小曾和副官親近的具體寫照。

此外，夏志清教授探討白先勇小說人物時，曾指出「阿宕尼斯式的美少年」，尤其是在白先勇早期的作品：〈青春〉裡的少男、〈月夢〉中老醫師的伴侶，以及〈玉卿嫂〉裡的慶生。「阿宕尼斯」（Adonis）是英國古典文學的「原型」（archetype），代表儀表出眾的美貌男子，同時具有同性戀傾向。在〈月夢〉中，老畫家面對這可望而不可及的模特兒，低呼：「赤裸的，

賈寶玉和蔣玉菡之間有顯見的同性之愛。

Adonis！」〈玉卿嫂〉裡容哥兒也對慶生懷有深情的好感，他喜歡慶生的眉清目秀，「水蔥似的鼻子」，「嘴唇上留了一撮淡青色的鬍毛毛」，特別令人醉心，「看起來好細緻，好柔軟，一根一根，全是乖乖的倒向兩旁，很逗人愛，嫩相得很。」而他對玉卿嫂的醋意是足以置慶生和玉卿嫂於死地的。白先勇曾在〈賈寶玉的俗緣：蔣玉菡與花襲人〉一文中分析賈寶玉和蔣玉菡的同性之愛，從蔣玉菡私贈茜香羅，以及兩人在紫檀堡置買房舍等事實看來，二玉確實過從甚密，及至九十三回，寶玉眼中的蔣玉菡直是「鮮潤如出水芙渠，飄揚似臨風玉樹。」顯見其同性之愛。白先勇說：

> 就同性戀的特質而言，同性間的戀愛是從另外一個個體身上尋找一個「自己」（Self），一個「同體」，有別於異性戀，是尋找一個「異己」（Other），一個「異體」。如希臘神話中的納西色斯，愛戀上自己水中的倒影，即是尋求一個同體之愛。賈寶玉和蔣玉菡這兩塊玉的愛情，是基於深厚的認同，蔣玉菡猶之於寶玉水中的倒影，寶玉另外一個「自我」，一個世俗的化身。

從蔣玉菡到Adonis，這樣一首傳誦男性美的中西混聲合唱，使夏志清不由得說：「白先勇的同性戀傾向，我們儘可當它一種病態看待，但這種病態也正是使他對人生、對男女的性愛有獨特深刻看法的一個條件。」

根據李歐梵的說法，《現代文學》在王文興手中，與陳獨秀主編《新青年》倡導「文學革命」有某方面的類似性。（李歐梵，1996。）其

間嘗試探索新的文學風格形式以改良傳統。因此也可以說他們是中國的文藝復興者。《現代文學》的作家群一方面介紹西方現代小說，同時呼籲新的文學形式。王文興因此從許多角度批評了中國傳統小說的大旗《紅樓夢》。在思想內容方面，他基本上同意其人生主題，但是卻又認為這個主題在《紅樓夢》中並未發揮很高的格調和深度性：

林黛玉的焚稿與葬花在作家王文興眼中，是一片感傷主義的氾濫。

> 主題格調不高，儘管其中也充斥了佛道思想，但始終不能發揮其哲學的深度性，可以說僅僅祇是扛著「佛道」的旗幟徒聲高呼，而並沒有實際深植於內容的造就上。
>
> （王文興，1987）

以長篇小說而言，王文興仍承認《紅樓夢》是獨冠群芳之作，但是並非所有的優點都被它獨佔。尤其是情節架構方面，《紅樓夢》堪稱「零亂」，「全像一部未經整理的草稿」。情節上，一

般人樂道的黛玉葬花、湘雲眠芍、劉姥姥醉臥怡紅院等，都不算理想：

> 葬花詞是感傷主義的氾濫，醉枕芍藥太通俗了，完全是
> cliché，劉姥姥的喜劇場面又是電視趣味，甚至黛玉的死都寫
> 得太淒厲了，這是文學寫作的大忌。

王文興鄙薄感傷，卻提出「人性尊嚴」，藉機強調真正可與五四
浪漫主義相連的價值精神。他曾應婦女刊物之邀，寫了一篇《紅樓夢
中的人力浪費》：

> 我讀《紅樓夢》看到眾多婦女的人力浪費，彷彿發現了一座
> 千人塚一樣，那是一座婦女的千人塚，閉目都會看到成千成
> 百的美麗眼睛，幽靈的眼睛在對我一眨一眨飛來飛去，這是
> 一本極美麗的書，也是一本恐怖的書，大觀園就如同一座女
> 性集中營。

詩禮簪纓之族在道德禮教制約下，僅有豐厚的物質享受，卻受到
沉重的精神壓抑。從太太、小姐到丫環、戲子，錦衣玉食的背後總有
戕害人性自由與尊嚴的傷痕。張錦池教授説：

> 既看到「禮」給人以生存和溫飽的王道性，又看到「禮」不
> 給人以自由發展的霸道性。賈母們精心築就的王道樂土，卻
> 原來同時也是一座禁錮青年們的肉體和靈魂的黑暗王國。

縱然那「女強人」王熙鳳，最後又何曾擺脫「夫者天也」的播弄，還不是「哭向金陵事更哀」！什麼「七情六欲」！什麼「人格尊嚴」！這在兩性關係中從不屬於女子。禮所賦予她們的天職，就是或充當被發洩性欲的工具，或充當情欲被禁錮的展品，如此而已！

（張錦池，1993）

賈寶玉的形象在現代主義作家眼中，無疑是「家變」與「孽子」的典型。

「家」在傳統社會的正面形象是詩禮簪纓、富而好禮、忠孝傳世；反面卻也不乏桎梏人心、葬人青春的傷痛。在這樣的鐘鳴鼎食之家，女子除了守禮之外，連爭取身為一個「人」的尊嚴都不可得。晴雯、芳官傲然不屈的神情，被王夫人視為「成精鼓搗」，結果還是告別了青春，枉送了生命。縱使是王熙鳳，又何曾爭取到獨立的人格尊嚴，結局也只能是「哭向金陵事更哀」。賈府女子盡歸薄命司，在寶玉的眼中無非是殘酷的打擊。他之不能「留意於孔孟之

間，委身於經濟之道」，不能以「小惠全大體」的薛寶釵為感情的寄託，在率性地揚棄了傳統人生價值觀與禮教法典之後，又不知何處才是新生的出路。這悲愴的身影徒然在「體仁沐德」的牌匾下，不斷地蒙昧、失落與幻滅，終於徹底地與時代絕裂。賈寶玉的形象看在現代主義作家眼中，無疑是「家變」與「孽子」的典型。陳萬益因而指出：

> 從《紅樓夢》、《家》，到《家變》，時代變遷的軌跡是很清楚的，中國的家庭制度也確實起了巨大的變革：大家庭變成小家庭，父親的權威喪失，兒女逐漸獨立自主，父子關係重新調整，綱常倫理大大乖違。這三部書中的「逆子」正好代表不同階段的產物。

（陳萬益，1987）

對於《紅樓夢》的眾多女性形象，王文興說：「這麼多女性，不管是黛玉、寶釵，皆非真正的人，都缺少『人物空間』。」所以那不是一個立體的故事，而是一座平面的「人像畫廊」。

> 社會對《紅樓夢》最大的誤解是絕大多數人以「愛情故事」來讀它，其實全然不是這樣一回事，如果真的有寫情的話，那麼在比重上也只佔十分之一。比較恰當的歸類，應該把它視作西方文學術語所謂的gallery of characters，也就是所謂的「人像畫廊」，這才是真正《紅樓夢》可以歸類的名稱。

（王文興，1997）

以人物刻劃為一大特色的名著，獨令現代派作家關心的還是人物之間的「對話」。王文興認為《紅樓夢》的優點首先在於「書中對話的成功」，其間每一個句子、每一個辭彙的質地和音色，都值得仔細推敲。「我以為成功的對話絕不僅只於流暢動聽而已。《紅樓夢》對話的成功並非一口『呱啦鬆脆』的京片子如此簡單。主要包括三項條件：一、語言要清楚。二、對話要建築在說話人當時的心理背景上。三、對話應該流露出說話人的性格。」

> 書裡有關王夫人、賈母、邢夫人這些長一輩婦人的對話確乎是好，那樣的話，就是那樣身份那樣年齡的婦道人家，在那種場合裡所可能說出來的。曹雪芹揣摩得十分成功，十分成功。

王文興在課堂上經常提示學生們注意作者埋下的極微妙的隱線。例如聆聽黛玉說話的口氣時，要想到她是一個

黛玉一句「真真好笑！」都是綜合了她的年齡、氣質與籍貫三者，才寫出來的絕妙好詞。

「吳儂軟語」的蘇州人，一荏弱體質的妙齡少女：

> 單單黛玉一句「真真好笑！」都是綜合了她的「年齡」「氣質」「籍貫」三者才寫出來的絕妙好辭。

> 仔細聽，晴雯現在正患著傷風，所以每一個字都帶著濃重的鼻音。聽出那味道沒有？

王文興寫小說以慢工出細活聞名，其實他的閱讀也有極細膩的觀察。小說對話的講究，不僅在字正腔圓、流利動聽而已，還得配合人物的身份、性格、方言，甚至於體質，以及說話當時的情景。「文字」在王文興的要求下，必須承載多重作用：

> 《紅樓夢》有的對話實在動聽，找不出一句比一「嘟嚕」更恰適更妥貼的口語化量詞來形容葡萄串聚的形態，「這果子樹上都有蟲子，把果子吃得疤喇流星的，吃掉了好些了。姑娘還不知道呢。這蜜蜂最可惡的，一嘟嚕上，只咬破兩三個，那破的水滴在好的上頭，連這一嘟嚕都要爛的。」婆子說的這段話就是純粹是口語運用的成功，但除了字正腔圓、流利動聽外，就沒有別的作用；至少我個人寫小說是竭力避免這種對話的。

三、李歐梵與楊牧

　　李歐梵曾認為《紅樓夢》是中國文學史上最偉大的「頹廢小說」。中國文化在十九世紀中葉以後，因西方文明的引進而產生了巨變。《紅樓夢》成書於十八世紀的清初，可以說是中國傳統貴族生活的迴光反照，李歐梵認為曹雪芹早有預感中國的「世紀末」即將來臨。「正由於他知道往世的繁華已不可重返，所以才苦苦追憶營造出一個幻想的鏡子式世界。」（李歐梵，1996。）台大外文系畢業之後，李歐梵先後赴美從事政治、歷史及文化研究，他對《紅樓夢》的詮釋卻脫離了現代主義掌握小說細部藝術技巧的評析，而從廣義的文化視角予以俯照。「頹廢」一詞指陳那極致輝煌的唯美。當文明發展至顛峰，對於「色」與「情」追求推向燦爛的頹唐之美，這就是「頹廢」的意境。《紅樓夢》等於是中國文化史上「夕陽無限好」的那一刻，再往下走勢必面臨日薄崦嵫。包括曹雪芹創作的年紀也是近黃

寶玉一步步走去，通過憂患與勞苦，是為了證實悲劇哲學的寓言？

昏的中年，他追憶往日的繁華，將文明帝國逐漸沒落的背景，烘托得令人傷憐。於是《紅樓夢》成了中國頹廢文學的寫照。

現代詩人楊牧在〈王國維及其「紅樓夢評論」〉中討論《紅樓夢》的悲劇與喜劇。

> 就王國維的看法：《紅樓夢》與其他中國小說戲曲最大的不同，在於其顯著的悲劇哲學，它以悲觀的態度處理人和人的關係乃至於其他世俗的問題。而且《紅樓夢》的悲劇收尾其實早已顯現在小說的開端，寶玉一步步走去，通過憂患與勞苦，恐懼和疼痛，只是為了去證實這個預言。所以有別其他大團圓的小說，《紅樓夢》卻是一個悲劇。曹雪芹在這裡提出了一個嚴肅的問題：愛情和聲名的追求，甚至生命本身，也許是完全虛幻的吧？

楊牧從而提出了古典喜劇的說法：

> 其實《紅樓夢》應該是一個古典喜劇（comedy）──曹雪芹譬若但丁（Dante），在它特殊的文化背景裡，創造了一個神乎其神的「喜劇」，而他正如但丁之標準化了意大利白話文，標準化了中國白話文。

但丁從地獄出發，通過煉獄，到了天堂；寶玉從樂園出發，下凡歷劫，終又回歸樂園，獲得了永遠的生命。大觀園只是紅塵裡一個虛

幻的圍囿，摹仿那真正提供「道德上的自由」樂園，而保證永遠的樂園卻一直都在青埂峰下，寶玉一度遠離它，如今又毅然回歸。雖然《紅樓夢》「字字看來皆是血」，其結構卻是西方世界裡真正典型的喜劇。

整個生命是黑暗陰冷的，那一圈繞行只是暫時的舒服。

　　楊牧提出的一種從出發、歷煉到回歸的過程，來掌握《紅樓夢》主題思想的完整性。他在西元一九八五年寫下一首現代詩〈妙玉坐禪〉，可視為古典喜劇說的注解。後來，他又引用歷史學家湯恩比的比喻來談歷劫／回歸的概念：在風雪交加的夜晚，許多人圍在大房子裡烤火取暖。突然一陣風把窗戶吹開，一隻鳥隨風刮了進來，在屋裡繞了一圈，得到有限的溫暖，又被一陣風吹出了窗外，在度回到茫茫風雪中。

　　　整個生命是黑暗陰冷的，而那
　　　一圈只是暫時的舒服。

　　　人生是受苦，人生是受罪，人
　　　生大部分是不快樂的，快樂只

是點綴。就像《紅樓夢》裡的感覺，「渺渺茫茫兮，歸彼大荒！」最後賈寶玉走到白茫茫的世界中去。

　　賈府的富貴鼎盛不過是短暫的溫暖，寶玉懸崖撒手的那一刻，人生才有了真正歸宿。

四、蕭麗紅

　　一九七○年代末期，台灣文壇以鄉土文學論戰為大事；創作場域則以多數女作家模仿張愛玲纖細、荒涼的筆調，進行男女情愛的書寫為大潮。兩股風潮匯聚在西元一九八○年蕭麗紅以《千江有水千江月》得到聯合報小說獎的那一刻。這部小說以對傳統民俗的描摩，和貞觀、大信的感情世界，透露女作家鄉土寫實與懷舊抒情的立場。在此之前，蕭麗紅以《桂花巷》連載於「聯副」（西元1975年），前後二書承襲《紅樓夢》的大家庭書寫，主題環繞著女性本位的情感與經驗，女主人公剔紅從小父母雙亡，嫁到辛宅十八年後才恍然覺悟自己是寄人籬下的孤女：「她又那裡像主子？倒是他們在維持家計，而她來投靠人家……她原來寄居在這些人的籬笆下，像孤鳥飛入人家的群隊裡。」至於在《千江有水千江月》裡，作者也寫道貞觀寄宿外婆家的孤女情結，古繼堂認為這部小說的前半部在結構上「有《紅樓夢》的明顯投影」：

　　　　以蕭氏大家庭的盛衰故事為中心，將各路英雄聚匯到這裡，再一一對他們進行解剖。蕭氏大院使我們想起榮國府，貞觀

> 寄宿外婆家受到恩寵，使我們
> 想起了林黛玉，貞觀的外婆形
> 象中彷彿也有賈母形象的某種
> 滲透。
>
> （古繼堂，1996）

　　貞觀平時和表兄弟姊妹的相處，也
頗有大觀園姊妹們的風格。表姊妹和嫂
子在「伸手仔」吃吃喝喝的情景，已足
以媲美蘆雪亭割腥啖羶一回，而閨中戲
耍「揀穀粒」，益智的程度也不亞於黛
玉手中的「九連環」。貞觀父親過世的
那一晚，他來到夢中與她道別，也像是
秦可卿放心不下鳳姐的意思。直到貞觀
聽歌後觸動了深情，才使我們聽懂了黛
玉當年聽曲和葬花時的悲吟：

> 「──春天花蕊啊，為春開了
> 盡──」
> ……
> 前後怎樣，她都未聽明白，因
> 為只是這麼一句，已經夠魂飛
> 魄散，心折骨驚了──
> 春天花蕊啊，為春開了盡──

春天花蕊啊，為春開了盡……。

旋律和唱詞，一直在她心內迴應，她像是整個人瞬間被磨成粉，研成灰，混入這聲韻、字句裡──

……

貞觀由它，倏地明白：情字原是怎樣的心死，死心；她二姨夫婦，相互為花蕊，春天，都為對方展盡花期，綻盡生命！

　　蕭麗紅在《桂花巷》中同樣用了「以戲點題」的筆法，將剔紅一生的宿命題點出來。她年輕時到北門嶼第一富室李清風家聽戲，戲台上卻唱道：「錦─排─場─本─是─假」、「放眼盡是瓊花玉樹，此身列仙班，早不墮輪迴萬古轉。……無奈呀，終久是寂寞山中寂寞人……。」儼然「世外仙姝寂寞林」的寫照。剔紅喜歡聽的歌：「守孤單」、「五更鼓」，常吃的兩味藥：「寄生」、「獨活」，都象徵了她無可躲逃的命運：「直挺挺的一株小草，就把人世間，某個魂魄所必須經過的前後曲折，都說出，道盡。」剔紅嫁入四大家族之一，書中對於辛家的描述也頗似「護官符」裡的賈、史、王、薛。清末台灣台南府轄下的四大家族是這樣說的：「北門風，林石月，金棺材，玉遮蓋。」剔紅一身榮華，卻不比從前屋漏接雨的日子幸福，一條象徵人間富貴的桂花巷辛家歲月，是她真正苦痛的命數。她生就一身「清白至貴女兒身」，一副「水晶做的心肝」，「若教人說出個不字，也枉費父母生養一場」。這些來自《紅樓夢》的文句，在《桂花巷》中上演著另一齣生命困頓與情欲衝突的嶄新戲碼。蕭麗紅成功地將古典美文轉換成自己故事裡的養分。

　　農曆大年初九是天公生的日子，一家的主婦子夜就得起來拜天

公，貞觀父親已經過世，所以母親只能依靠兒子阿仲來幫忙點鞭炮，「伊的膽子極小的，看阿仲點著，還得摀著耳朵呢；從前父親在時，這樁事情自是父親做的，一個婦人，沒了男人，也就只有倚重兒子了。……有那麼一天，她也得摸黑起來參拜天地、眾神，她當然不敢點炮竹──貞觀多麼希望，會是像大信這等情親、又知心意的人，來與她點天公的引信啊！」在拜天祭祖的重要儀式裡宣示此生不渝的愛情，貞觀是將大信引為知己：「啊，大信，相惜之情，知遇之恩……知己何義？他難道不知紅樓夢裡那兩個人；寶、黛是知己，知己是不會有怨言的。」中國人「情」，最重知己：「中國是有『情』境的民族，這情字，見於『慚愧情人遠相訪』（這情這樣大，是隔生隔世，都還找著去！）見諸先輩、前人，行事做人的點滴。」然而，和黛玉離開寶玉的結局一樣，大信離開了貞觀。大信說：「就是《紅樓夢》裡說的──反認他鄉是故鄉。」他放棄貞觀留學英國，反以異鄉為故鄉了。

中國是有「情」境的民族，情字這樣大，是隔生隔世，都還找著去的。

蕭麗紅描繪大家庭中娘、婢之間的情誼，也是令許多讀者印象深刻。留在剔紅身邊最久的貼身丫環是給印，而給印溫厚念舊的性格宛如平兒，甚或紫鵑。她最了解當家奶奶的脾氣，不僅替少主人挨板子，還記得在少主娘生日時煮一碗豬腳麵線，即使出嫁了也常回來探望，是剔紅比自己還相信的人。剔紅理家也自有一套處世哲學：瑞雨還在的時候，即使她的能力足夠，她也懂得深深收藏，凡事由瑞雨做主，等瑞雨表現出實在不愛管事時，她才不得不出兩聲，頗有寶釵之德。瑞雨病中，她獨坐無聲偷灑淚，又大有黛玉的姿態。瑞雨過世後，她成為當家主事的少奶奶，出了房門來給大老爺請安，頓時聲勢高張了起來，人未到，聲音卻搶在先前，讀者彷彿又見到了鳳辣子。大伯公死的那半年裡，全家治喪，她不能盡情地在唇、頰上點胭脂，便抹在兩側耳珠上，這點淡暈水紅，縱使平淡無奇，也還是看得出來。這叛逆的舉動，不也就是晴雯？蕭麗紅因此說：

> 剔紅是誰？在我的感覺裡，剔紅是最可愛的中國舊式女子，真真她愛恨強烈，恩怨分明，叫人愛也不是，不愛也不是……。

> 「石頭記」裡幾個異樣女子，探春的敏，黛玉的情，晴雯的癡，熙鳳的毒，她都兼而有之，另外，鴛鴦的俏皮，芳官的伶俐，平兒、紫鵑和麝月的靈巧，甚至紅玉、墜兒的小奸小壞，都可以在剔紅身上找著。

　　漢文化的悠悠年歲、光陰裡，不知生活過多少這類女子？她們或遠或近，是我們血緣上的親人，在度夜如年的時空中，各有各的血淚與悲辛，所以桂花巷的故事，說假是真，說真是假。她們的好，難掩她們犯下的錯，而那些錯，卻也減不了她們的好，就因為這縱橫交錯，叫人嘆息，又對人性產生另一種更清楚的明白。

　　小說中時光荏苒，人性、欲望在大家庭中糾葛與掙扎，那是敘述不盡的好題材。進士府內姨奶奶和正頭夫人之間的明爭暗鬥，對剔紅而言，雖是牆院外的事，然而哪家不曾上演這類戲碼？春樹說：「主子既是這樣，那東西兩廂院的女婢，也就如同烏眼雞般，天天相拚，無事找事。」也是《紅樓夢》裡探春的話：「咱們倒是一家子親骨肉呢，一個個不像烏眼雞似的，恨不得你吃了我，我吃了你！」

　　女性文本中一展廚藝，是自《紅樓夢》、張愛玲以降，作家們的拿手絕活兒。王熙鳳口中的一道茄鯗令人瞠乎其後，蕭麗紅的菜單，也並不令人失望。五香鹹菜和炒雞絲等，就見得出作家的手藝：「精肉切得薄薄的，再入火燒，炒去血水，等微白了，取出切絲，加醬瓜、糟蘿蔔、蒜頭、砂仁、草果、花椒、橘絲、香油，拌好盛起，加一滴醋。」「雞胸脯去皮，切細，用豆粉、麻油、秋油拌勻，蒸粉收之，再以雞蛋清抓過，臨下鍋加醬瓜、薑蔥末。」「然而最要緊的是用旺火，量不能多，一盤頂多四兩，如果炒一大盤，就會像給印家的阿引嫂那樣，炒得不入味。」

　　茫茫大士、渺渺真人是一場「紅樓夢」在開場和結尾時，警醒世人的智者。在故事裡，和尚給寶玉治病、贈寶釵金瑣，又指明了「金玉良緣」，因而也就暗示了悲劇的根源。《桂花巷》的化緣和尚也為

瑞雨算命，卻道出剔紅一生孤寡的命運。曲終藉由老尼姑的指點，剔紅領悟了她與秦江海註定一生緣慳。同樣的，貞觀也在走下碧雲寺的路上，悟出了禪境，解脫了思念大信之苦。從「紅樓」到「千江」，小說家在悠悠家常歲月裡，用悲憫的宗教襟懷給予不平的人世心靈上的撫慰。蕭麗紅笑看紅樓，將懷舊、鄉土、家庭、寫實綰合在人間情愛的世界裡。女主角一生愛慾糾葛、幾度出軌，卻是傳統正面意義下備受壓抑的女性真實處境。女作家透視文化底層，直指人心的批判意識，包揉在古樸典雅、令人醺醺然的舊式情懷裡，其中應也有道不盡的紅樓緣。

反認他鄉是故鄉
——日據時期的才子文人的紅樓美學

一、張我軍的新文學觀

　　日據時期推動台灣建設新文學觀的先鋒者，可以台北板橋張我軍為代表。他早年曾渡海至廈門，在工作之餘受中國傳統文化的薰陶，對於漢詩的格律十分熟稔，也因此緣故，對於傳統詩文中互相因襲、模仿，而不能充分反應殖民地社會的文化與風俗感到不滿，於是將留學中國的經驗與胡適、陳獨秀等人的文學觀念引介到台灣來。同時，透過《台灣民報》轉載了魯迅、馮阮君、冰心、郭沫若等人的小說，以及鄭振鐸、焦菊隱等人的新詩。

二、張梗的自然主義

　　對於日據時期的台灣民眾而言，《紅樓夢》既是一部傳統小說，同時又是一部外來文學，在新、舊兩種異質文化交替時期，對《紅樓夢》的取捨該是當時個人在歷史情境影響下的抉擇。畢竟文學典範的選用攸關文

對於日據時期的台灣讀者而言，《紅樓夢》既是一部傳統小說，又是一部外來文學。（圖為同時期吳岳仿王小梅的畫作。）

化人的認同意識。因此，從文化界對《紅樓夢》這一議題的不同看法所折射出的光譜，正反映出台灣社會夾存於中國、日本、西洋，以及本土等多元文化並駕齊驅、競相頡頏的複雜處境。與張我軍同時對《紅樓夢》提出觀感的是台南人張梗，他在《台灣民報》中以〈討論舊小説的改革問題〉一文針對流傳於本地的中國傳統小説進行評論：

> 我想我們台人苟自居為文化
> 人、爭並肩而立於二十世紀的
> 地球上、為什麼竟不要求小説
> 的發達？

張梗觀察新文學的視角，建立在世界主義的基礎上，「直接擷取世界近代文學觀」來評述經典。他的科學精神，與自然主義文藝觀，乃至寫實主義的創作理念，源於十九世紀西歐自然派文學，面對現實社會與黑暗人生的直接觀察。

這種文學理論應用在藝術技巧上，

使我們清楚地看到作家們企圖強調小說
人物如何受到時代與特殊環境的影響。
創作者並且身兼科學人的使命，仔細觀
察社會的循環法則。冷眼旁觀的結果，
是對人物內心世界的精密剖析。自然主
義的理論，在日據時期台灣社會的運用
上，開啟了詮釋鄉土寫實論述的扉頁。

　　張梗在上述的立論基礎上，提出
《紅樓夢》等書以說明小說與作者自身
的密切關係：「不論東西古今、著名傑
作，皆著者自身，身臨其景。用著者自
身的體驗實事做規準……小說家須以科
學的態度為經、寫實筆法為緯。持真劍
的態度以付之。」他以自然派文人的角
度贊賞《紅樓夢》將人生世事的真相赤
條條地暴露出來，不僅是《紅樓夢》，
中國的著名白話小說《金瓶梅》、《水
滸傳》也都是如此。為了提倡新文學
觀，小說成為可運用的文類。然而真正
展現科學法則的小說觀，尚需有更縝密
的分工，「像《紅樓夢》這樣將建築、
裝飾等生活細微末節完全描寫出來，是
歷史與文學尚未分系的結果。」張梗對

自然主義作家讚賞《紅樓夢》將人生
世事的真相赤條條地暴露出來。

於傳統小說的批評，主要在於它們往往承載了很繁瑣的歷史帳，反而阻隔了小說的「興味」。好小說的精采處在於餘韻無窮，「不知不覺自引起研究『人生』的興味。」世界上的一草一木莫不含有意義，作者雖已體會其義，卻不直接呈現給讀者，而是將它包藏在所描寫的自然人生當中，供欣賞者自行去體會。

三、呂赫若的家族書寫

《紅樓夢》與中國傳統家族文化的關係密切，猶如《水滸傳》與社會、《西遊記》與政治一般，是極顯而易見的事實。許多紅學家提出，《紅樓夢》寫傳統大家庭的故事，卻又能跳脫出後花園相會、狀元衣錦還鄉等舊式才子佳人的陳腐俗套，以主角通過人生歷程來探討傳統家庭的禮教、習俗與種種觀念，是該作成功的原因之一。曹霑創造了中國家族小說發展到極致的作品，其後踵武前王，風流未沫，亦享譽國際的中國式大家庭書寫，應推林語堂的《京華煙雲》。

閱遍中外小說的林語堂，極力推介《紅樓夢》的原因在於它將眾多人物容納在一個完整的結構中，並著力於男女情感隱微曲折的細部描繪。在世態人情裡，愛情經驗是最細緻隱微的心理狀態，它同時可以輻射出一個人的性格特徵，如果作家的筆力高，則可集中光度和焦距於人物的一顰一笑、舉手投足之間，充分展現人情小說美學的高度藝術水準。

日據後期以台灣大家族內部腐化、骨肉相剋，乃至於崩解或重組等素材為創作主題的是才子型的作家呂赫若。他身兼作家、聲樂家、演員、教師、記者、編輯等多重身分，而且長相俊美，葉石濤在

《台灣文學史綱》中則稱讚他是「日據時代作家中是文學成就最高的一位」。呂赫若在中日戰爭爆發後負笈東京學習聲樂，並加入東寶劇團演出，同時又從東京吸收了西方世界的文藝思潮，幾乎和他開始嘗試創作同時在他心中成形的是，他認清了台灣為日本殖民的事實。西元一九四一年十二月太平洋戰爭爆發，翌年呂赫若返台，加入了張文環主編的《台灣文學》，開始他努力的創作生涯。從他的日記顯示，自東京時期至返台初期，他一直對中國的古典戲曲及小說有濃厚的興趣，例如：西元一九四二年三月九日，呂赫若閱讀《浮生六記》，十四、十五日欲為之前讀破的《紅樓夢》進行大事翻譯，六、七月閱讀《北京好日》（即林語堂的《京華煙雲》）。就其創作計畫而言，這段時間他正在構思〈鴻河堂四記〉、〈常遠堂主人〉等同系列的大家族小說。到終戰前夕，他甚至於想借鏡《紅樓夢》與《北京好日》的家族書寫，將他出身的鄉村望族呂氏老家的故事改編成小說，題目即以呂赫若老家的堂號為名，暫定為〈建成堂記〉。呂赫若於西元一九四四年一月一日的日記中寫道：「完成長篇小說《建成堂記》（暫定名稱），為此要讀破古典作品。」

以他實際發表的作品而論，呂赫若善於將鄉村、土地、自然、傳統，以及人物的命運融入家族小說之中，林瑞明曾說：「呂赫若作品的最大特色是從「家庭」著手。一切的小說都與家脫不了關係。」呂赫若以控訴封建舊制與異族統治為家族小說的基調，可以說從創作前期至後期都是一以貫之的。然而一致性的表面下卻隱藏著尖銳的對立與苦惱的掙扎。由於呂赫若的寫作時期，台灣的新文學運動已進入決戰時期的皇國文學，所有台灣作家皆籠罩在大東亞政策的陰影下，

必須「回歸」日本傳統。呂赫若借鑑於中國家族小說的典範（《紅樓夢》與《北京好日》），堅持台灣家族鄉土的書寫，在此便顯現了特殊的意義。

　　西元一九四三年五月在《台灣文藝》及《興南新聞》上，針對張文環與呂赫若所爆發的「浪漫主義與寫實主義論戰」可以說是呂赫若堅守家族鄉土寫實的一場危機。日本浪漫主義作家西川滿對於本島作家之著重描寫鄉土的地方風俗與家庭糾葛十分不滿，認為寫實主義作家應該對報國隊與志願兵自覺地產生熱情。不僅是日本人對台灣的鄉土寫實提出批評，連自幼受日式教育成長的文藝少年葉石濤，也銳氣十足地點名批判呂赫若與張文環，指稱他們的作品缺乏皇民意識、有普羅文學之嫌，並點醒大家「回歸古典的雄渾時代」。

呂赫若的作品如同《紅樓夢》，其間最大的特色是從家族書寫入手。

　　這場論戰中，雙方陣營都提到了
浪漫主義、寫實主義，以及古典時代，
而無論就呂赫若的小說或《紅樓夢》，
乃至以《紅樓夢》為學習對象的《京華
煙雲》，其寫實的立場都是基於家族與
鄉土長期穩定的社會力量，這種文化模
式被社會學者費孝通視為「亞普羅式」
（Apollonian）的文化觀，它的哲學基礎
是，宇宙有一超自然的完善秩序，人們
只須接受它的安排，並且維持它。而西
川滿與葉石濤師徒的觀點則是希望借由
戰爭的衝突，撞擊出生命的熱情與火
花，這種與亞普羅式相對的文化模式被
稱為「浮士德式」（Faustian），唯有無
盡地衝突與激情，才能讓人生的前途在
充滿變數的前提下創造輝煌的意義。而
以自身遷就外界之亞普羅式的生活態
度，相信神的存在，其實就是古典的精
神，證諸《紅樓夢》的家族人倫位階，
及呂赫若小說中念茲在茲的「孝道」、
民間習俗與迷信等等，莫不暗含古典精
神在內。而浮士德式的生活態度，因為
在人與人之間注入了舊式社會所鮮見的

《紅樓夢》的家族人倫位階，與呂
赫若小說中的孝道思想，都是古典
藝術精神的體現。

激情，遂使得傳統社會以家族為主幹的恆常秩序開始瓦解，這無疑是現代性價值觀的一種胎動與萌生，費孝通在《鄉土中國與鄉土重建》中指出：「這兩種文化觀很可以用來瞭解鄉土社會和現代社會在感情定向上的差別。」

然而如果將「浪漫主義與寫實主義論戰」化約為新、舊文化的衝突，顯然又過於簡約，因為無論《紅樓夢》或呂赫若的小說，均對於封建家族的腐化與崩解著墨甚多，從賈寶玉對傳統仕途的激烈反抗，到呂赫若的小說〈風水〉以「製糖公司的煙囪」作為尋路回家的標誌，無非象徵了舊有秩序、道德、禮教的崩頹，是以日據時期作家們的傳統人倫觀察，也並非相對地漠視新文化腳步的到來。此外，西洋的古典主義、浪漫主義與寫實主義等文化思潮，自文藝復興以來即有其一貫的歷史脈絡，浪漫為新，則古典為舊；寫實為今，則浪漫為古。在東方，則新、舊雜揉於同一時空中，作為鄉土社會面對現代化腳步逼近的現象觀之，亦無不可。可以肯定的是，家族小說與鄉土書寫是漢系社會裡，作家處理個人心靈成長與生命處境的最佳選擇，因為在國人的觀念中，「家」並沒有嚴格的團體界限，他可以借由親屬的關係向外擴大，延伸到社會的每個角落。

此外，在呂赫若的家族鄉土寫實主幹下，有一個明顯的分支，就是女性的描寫。曹雪芹為使閨閣昭傳，曾一度將此書題名曰：「金陵十二釵」。《紅樓夢》與呂赫若的女性書寫在共同意識上，都突顯了女性受壓迫的事實。呂赫若小說裡女性的結局經常不是死亡，就是流亡，例如：〈暴風雨的故事〉裡的罔市、〈前途手記〉裡的淑眉，以及〈廟庭〉中的翠竹等等。造成女性困境的外在因素固然是龐大的殖

民體制與帝國主義的陰影，然而陳芳
明提醒我們：「舊式大地主的剝削掠
奪」，以及「性別歧視」，才是往往為
我們所忽視的重要因素。（《左翼台灣
——殖民地文化運動史論》）呂赫若對女
性形象經營的獨到之處，在於許多女子
「勇於抗拒男性沙文主義的文化，並且
積極追求屬於自我的命運」，從〈婚約
奇譚〉中離家出走的左翼少女琴琴，以
及〈山川草木〉裡放棄音樂、藝術所帶
來的名利，而選擇鄉間生活的寶蓮等人
身上都可以看到，追求獨立自主的新女
性身影。

　　呂赫若長期閱讀《紅樓夢》，對
於瑞珠觸柱、金釧投井、鴛鴦截髮、三
姐飲劍、二姐吞金、晴雯倒篋、司棋撞
牆、迎春遇狼等悲慘的命運與抗議精神
的感慨，使我們領悟到《紅樓夢》的表
現手法，也許在某個角度上對準了封建
末世文化人苦悶的靈魂。因此，從清初
的曹雪芹到新文學時代的呂赫若，知識分
子的抗議精神可說是易地皆然了。

小說家對於女性形象的塑造，經常
著重於突顯她們對自我命運的積極
追求。

四、葉石濤的浪漫文風

　　相較於決戰空氣下，呂赫若對《紅樓夢》家族寫實性的堅持；葉石濤對《紅樓夢》偏於浪漫、唯美的詮釋，則可視為烽火漫天之中，面對官方文藝政策的一種迴避。葉石濤的寫作始於西元一九四三年，首篇作品〈林君寄來的信〉刊登於日本官方雜誌《文藝台灣》，當時他十七歲。而《文藝台灣》的主編，正是推動皇民文學的靈魂人物，日本的浪漫主義詩人——西川滿。在太平洋戰爭最慘烈、大東亞政策如火如荼，以及擁護大和民族的呼聲達於巔峰之際，青少年時期的葉石濤反而完全無視於那些血淋淋的訊息，戰爭對他而言，只是「日本人一廂情願的神話」，他寧願以唯美、浪漫的法國文學作為精神支柱。「我仍寧願埋首沙坵，眼不見耳不聞為淨，設法逃避這種叫人驚心動魄的衝擊。我那時候，躲在校園尤佳利樹下偏僻的角落或家裡灰暗房間的古老紅木眠床上，聚精會神地耽讀一系列的法國小說。」（《文學回憶錄》）當時葉石濤年少懵懂、逃避殘酷的戰爭現實，雖未見容於寫實文藝路線的《台灣文學》（張文環主編），卻反而受到日人西川滿的贊賞，這對於文學和思想都大有可塑空間的青少年來說，自然會造成很大的影響。不過葉石濤對西川滿的崇敬，甚至奉他為恩師的原因，與其說是西川滿的皇民文學，毋寧說是他的浪漫詩人氣質對葉石濤產生了極大的吸引力。

　　陳芳明說：「在大東亞戰爭臻於高峰時期，葉石濤在小說裡全然沒有觸及現實中的緊張時局，反而耽溺於愛情的幻境裡。」（《左翼台灣》）葉石濤之耽美於愛情固然為事實，然而此時的愛情是否為「幻境」？卻是個有趣的問題。在〈再見吧！梳髮的amie！〉一篇自

傳性的散文中，葉石濤說他十八歲以
前的第一個女朋友是「寶釵型」的大
姐，「肉體豐滿，講話率直，大方而開
朗，從不陰險。不過據說《紅樓夢》的
寶釵非常工於心計，這一點，陳家大姐
是沒有的。」（《女朋友》）而第二個
女朋友春娘則「可說是黛玉型的；不過
這是指她冰肌玉骨修長的體型而言。」
這個女人，喜歡哲學，頭髮烏黑直亮，
「是個弱不禁風的女人，骨骼很纖弱，
發散著冷冷的不讓人冒犯的傲氣。」可
見文藝青年不僅文學耽溺於愛情，連生
活都過得像《紅樓夢》。特別是葉石濤
的「初潮」經驗，也飄蕩著濃濃的紅樓
雲雨情！「那液體從內褲裡慢慢地滲出
來，擴展開來，濕濕了外褲，然後在燠
熱的陽光下迅速地乾燥，漿燙了他外褲
褲間的一小部分。快樂的波浪不再衝擊
他，代之而起的是一種鬆懈的舒適感
覺……。」

葉石濤從紅樓女性美的角度欣賞自
己的女友。

　　兩、三年後他在松枝茂夫所翻
譯的《紅樓夢》日文譯本第六

回裡讀到賈寶玉初次嘗試雲雨的那一段時，心臟悸動，臉色紅潤，禁不住把手伸到褲間，在那一剎那他覺得他是世界上最不幸福的一個人；因為在他身旁缺少溫柔嫵媚的襲人來輕輕撫摸他火熱的暴漲的身體。

從此以後，他涉獵世界文學名著。想要找到一段這種初次經驗的描寫，可惜很少有《紅樓夢》那麼美的……。

（《女朋友》）

日本紅學家視《紅樓夢》為一部追求女性美的小說。

葉石濤聲稱「自幼生長在《紅樓夢》『大觀園』般的生活環境裡」，他出身於台南府城的地主家庭，小時候的生活就是以曾祖母為中心，伴隨著環繞在曾祖母身邊的幾個丫環，他回憶當時是滿屋子的脂粉氣，和搖銀鈴的笑聲。因此在女性氛圍中成長的葉石濤，對《紅樓夢》裡的大家庭的接受與欣賞，是順理成章的事。當然，大家庭的風波他也體驗過。而當他以小說家特有的細

膩心思體會紅樓女性心靈之美時，他的傾向毋寧是日本學者的看法：
《紅樓夢》是一部追求女性美的小說，尤其是林黛玉具有女性最高的心
靈之美，所以賈寶玉始終對她難以忘情。循此，葉石濤並不同意《紅樓
夢》是自然主義的小說，因為自然主義描寫的是人生醜惡的現實；而
《紅樓夢》卻旨在啟發人性的美好品質。如果人性之美確是人生的真相
之一，那麼與其說《紅樓夢》是一部自然主義的作品，毋寧改為寫實主義
之作，更為貼切。

　　西元一九二○年代展開的新文學運動，引導了三○年代鄉土文
學與台灣話文的發展。若無皇民化運動的阻隔，台灣文學的發展或可
提早臻至成熟的階段，然而日文教育阻隔了當時文學語言的一致性，
在葉石濤開始寫作的四○年代裡，前五年，台灣文學是日本文學之一
翼；後五年，台灣文學是中國文學的一支，因此在光復前夕，不願被
時代淘汰的作家，只得重頭開始學中文，葉石濤說：

> 我是日本統治的晚期，禁止使用漢文，皇民化運動如火如荼
> 地推展的時代長大成人的，我只受過日本語文教育，對祖國
> 語文卻一竅不通。

> 至於我本身的文學事業，這一時也想不出辦法，要找中文書來
> 自個兒進修嘛……費了九牛二虎之力好容易在舊書攤上買到一
> 本破破爛爛的《康熙字典》，如獲珍寶，在兵營的暗淡燈光下，
> 挑燈夜戰，硬背下許多單字和字義，倒學了不少冷僻的字。

> （《女朋友》）

更好的辦法是，把《紅樓夢》第一回到第一百二十回抄一遍！

我真的抄了，而且抄得很講究，碰到不知道的字，就查《康熙字典》，唸法不懂，就在旁邊寫ㄅㄆㄇㄈ的注音。這樣慎重其事地把一百二十回抄完了。抄完後我豁然開通，可以寫白話文了！確實妙策！

我發現《紅樓夢》裡很少「的」、「呢」、「嗎」等詞，前十回裡只找到一個「我的」的「的」。這是《紅樓夢》道地白話文的表現。

西元一九九八年九月十九日葉石濤在國父紀念館以專題演講「日治時代的台灣紅樓夢」，描述了個人的閱讀經驗，陳萬益回應這場演講時說：「在認定了《紅樓夢》是世界上偉大的文學作品之後，進而將它當作一個學習的典

優秀的文學作品往往紮根於作家的現實生活。

範」。葉石濤所以認定《紅樓夢》是學
習的典範,其原因還在於:

> 文學必須紮根於本土的現實,
> 反映本土民眾的意願,沒有這關
> 懷和生活之根,要經營一部世界
> 性規模的作品是很難做到的。

> 「紅樓夢」為什麼偉大?它把
> 整個華夏民族的「天空」都寫
> 進去了。

「耽美」的藝術風格是葉石濤創作浪
漫小說的動力。

所謂「天空」指的是整個大自然和
生活空間:土地、人民、歷史、傳統、
性靈、社會和時代,無所不包。葉石
濤説:

> 這裡有一個大前提:所有偉大
> 的作品必須紮根於作家所生存
> 的大地和空間,正確地反映民
> 眾現實生活的光明和黑暗,指
> 引民眾力求上進,獲得自由、
> 民主和幸福的生活。

日據終戰時期，葉石濤所呈現的文風可以分為兩端來討論：他在面對大東亞政策與皇民化文學運動時，為迴避戰爭的慘酷與大和民族主義的壓迫，因而選擇了「耽美」的藝術風格。不但喜讀《紅樓夢》，同時自己也創作浪漫小說。在此基礎下，面對即將光復的事實，他只有不斷地吸收中國文學，才能延續的他的創作生命，因此他以《紅樓夢》為研習的對象與進修國語的教材。然而浪漫文學對他的文學生命而言，既是他的興趣，同時也是他逃避現實的「大觀園」。他真正希望的是，在沒有國境壓力的前提下，挖掘人心深處最真實的困境。回顧年輕時代的寫作與發言，葉石濤晚年自我重建時說：「四〇年代，也就是太平洋戰爭時期到終戰這個階段……那是一個許多人都苟且偷安的時代。」

《紅樓夢》的鄉土寫實性與耽美的浪漫性，同時為葉石濤所吸收，成為他文學風格一體的兩面，他是浪漫主義作家，同時也以鄉土寫實作為理想，兩者之間的擺盪，端看政治力量對文人控管的鬆緊，猶如中國歷代文人時局緊迫則耽溺於唯美，天下有道則暢所欲言。在葉石濤的身上，屬於民眾的新文學作家與描寫貴族的舊小說不僅擦出了異樣的火花，而且還模糊了浪漫與寫實之間的界限。

五、特殊的時代，特殊的接受美學

「鄉土文學」在西方曾經是指涉一種特別的文學運動，其主要原因在於作家們厭倦了現代文明和工業主義對人性的摧殘，所以特別以農村生活的書寫對抗工業文明，例如：德國的巴爾斯泰和萊因哈德。

他們的態度等於是在現代文明的社會中走回頭路，這樣的保守勢力後來便與希特勒的國內社會主義合流。因此鄉土文學的原始概念本非定格在一時一地，而文學作品的寫作與欣賞亦不可能拘泥於某一特定的時空背景，因而導致作家與讀者的局限與封閉。但是我們同時也可以說，巴爾斯泰和萊因哈德的表現也無非是受到時代因素的影響，張道藩說：「事實上，沒有一個作家不受到他們的民族意識和時代意識的影響……偉大作家，都是最富創造性的作家。」這是很允當的說法，文學從不自外於民族與時代，然而最重要的還是作家本身豐富的創造力，它使藝術創作者運用傳統，融舊於新，完成足以代表自我及整個時代的藝術典範。

　　日據時期新文學作家的紅學觀，自有別於其他年代作家們的紅樓書寫。在特殊的時代氛圍裡，在新舊文化交替之際，《紅樓夢》變成新文學領導者引用的典範或批評的箭靶，使得北京與台灣、中國與西方、傳統與現代等意象忽遠忽近；《紅樓夢》也因殖民主義對作家的侵略與壓迫，而搖身一變，成為漢系家庭書寫與抗議文學、國語文學的楷模。當然，它也為戰爭時期的遁世者建築出一座與世隔離的大觀園，供浪漫作家耽溺其間。日據時期因而形成一種不同於其他時代的紅樓接受美學。如今世界各地的區域文學已在後殖民論述及全球化的趨勢下成長茁壯。經典的重塑也同時出現在每一位讀者及其時代的對話當中。創意的閱讀是參予藝術作品空白的填補，其意義不僅在於發掘文本的意涵，同時也正訴說著每一個悉心的讀者，其生命內在獨特的旋律。

美的生活與沉思

——《紅樓夢》與散文作家的遇合

這裡我們蒐集了各家論及《紅樓夢》的小品文，以見《紅樓夢》與現代女性文學高度相結合的特殊現象。

《紅樓夢》是一部描繪女性生活與貴族精緻文化的豐碩寶典，台灣戰後的散文家們往往以很自在的心情，泅泳在大觀園的婆娑之洋裡，又像是在一片清淺白晰的沙灘上，盡情地吸收高耀的艷陽，釋放出對於生活的無限憧憬與活力。他們對文字及文學符號具有特殊的感悟力，由此開創多元性的視角，發揮小品文輕、薄、短、小的特色，情趣兼涵哲理的特質，一再地塑造出現代散文中的紅樓女性之美與閑雅的古典生活意趣。

一、多面夏娃

為金陵十二釵作傳，是《紅樓夢》作者創作此書的主要意圖之一，文中第一回說道：

書中所記何事何人？……忽念及當日所有之女子，一一細考較去，覺其行止見識，皆出於我之上。何我堂堂鬚眉，誠不若彼裙釵哉？

我之罪固不免，然閨閣中本自歷歷有人，萬不可因我之不肖，自護己短，一併使其泯滅也。雖我未學，下筆無文，又何妨用假語村言，敷衍出一段故事來，亦可使閨閣昭傳。

後因曹雪芹於悼紅軒中披閱十載，增刪五次，纂成目錄，分出章回，則題曰《金陵十二釵》。

曹雪芹為使閨閣昭傳。

　　曹雪芹為使閨閣昭傳，曾一度將此書題名曰：「金陵十二釵」。而書中對閨閣女子的容貌、性情、才華，及其生平故事皆有細膩的描述，如此傳神地圖繪閨閣生活與想像的筆法，自可與《西

廂記》、《牡丹亭》等前代巨著遙相
呼應。

在現代文學中，為呂正惠所歸類於
「閨秀文學」的作品，經常也出現了如
同曹雪芹對傳統才子佳人的寫作模式所
提出的反叛：

> 至若佳人才子等書，則又千部
> 共出一套⋯⋯，以致滿紙潘
> 安、子建、西子、文君，不過
> 作者要寫出自己的那兩首情詩
> 豔賦來，故假擬出男女二人名
> 姓，又必旁出一小人其間撥
> 亂，亦如劇中之小丑然。（第
> 一回）

閨閣中本自歷歷有人，萬不可因我之
不肖，一併使其泯滅也。

戰後初期，許多以現代婚戀為題
材的閨秀作品，已經能夠在傳統禮教觀
念的延續中，突圍性地發揮其獨特的感
性思維。以社會活動空間逐漸擴大的的
經驗背景，發抒有別於古典男性的雄渾
筆調，將生活中細膩的感官體驗釋放出
來，並因此使得女性文學在文壇中爭取

女性文學一再描摹出細膩的感官體驗。

到一席地位，這是可喜的現象。然而，隨著現代社會的日趨複雜，女性所面臨的問題也相對的增加，例如：上班女性如何兼顧事業與家庭，單身女子如何面對擇偶或獨身等問題，甚至於外遇、未婚媽媽、色情行業等等。現代的台灣社會誠然已經累積了不少女性的社會問題。

當代探討女性生活的散文諸作，在善用特殊敏感的女性意識觀點上，已經呈現出跨越新、舊時代氛圍的特殊意義來。我們只要看看她們將生活的細部問題，具體地反映在作品中，便已確定她們不枉處在戰後兩性權力結構重整的關鍵時刻。女性的自覺意識，是創造出屬於其時代，同時充分展現自我的最大動力。

現代女性文學所探討的人生課題，至少比《紅樓夢》的時代所面對的閨閣世界，要多出許多屬於現代人的癥結，包括與戀愛對象的性生活、中年婦女在與男性的共同生活之外，所獲得的自主性空間該如何定位等等。現代女性文學是否能夠走出古典閨閣的範疇，成為有意義的新型態寫作，關鍵在於男、女作家本身的自省與自我超越意識。以下我們就各家散文的探討，分析他們藉《紅樓夢》所抒發的現代社會生活的各種領悟，及其間所做的自我剖析。例如：以林黛玉的性格來談論戀愛中心思細膩敏銳，又富有文學想像力的女性，在現實生活中的自處之道。又或者提出鳳姐與探春兩個案例來分析「女強人」的內外處境。亦有許多作家從史湘雲的樂觀派，來提醒現代女性如何維護良好的人際關係。

在古代父權社會裡，《紅樓夢》以「閨閣昭傳」為名，創作出一部屬於女性的專書，成為彼時最富女性意識與自覺的代表作。今日的女性書寫，則將《紅樓夢》化為典故，以用典、譬喻、象徵等手法，

敘談他們處於現代社會的各種觀感，並各自兼具世態人情與哲理意涵。以成其一家之言，並達到傳統文學對個人才性發生影響的成效。此處所謂的女性書寫，實際上是專指承襲了《紅樓夢》的題旨與風格，雖然作者並非特定為女性，然其所關懷的文學主題，則與《紅樓夢》同樣以女性為主來關懷人生處境的散文作品。

（一）林黛玉「共名說」

古來著名的文學家們對於女人的描述與刻畫，不僅反映出當時社會對女性的制約態度，同時也將這些文學中的女性人物典型化，影響了後起的作家與讀者群，使人們在女性問題的思考方向上，前有所承。現代作家們在閱讀古典文學的同時也發現，女性的思想、言行、際遇其實都是針對男性思想、行為的反射。因此當作家寫出命運悲苦的女性故事時，事實上正是對不平等的男權社會及其文化發出強而有力批判。有鑑於此，專欄作家謝鵬雄對於「文學中的女人」所作的詮釋，或可視為古今女性文學的基本概述：

女人，是文學的故鄉。文學家以其無限的憧憬想像女人。

女人，是文學的故鄉。因為任何人都以女人為母親。

文學家以其無限的憧憬、獨特的想像、深邃的思維與對人世的了解，構造文學。在這些文學中，他們如何雕塑女人、理解女人、期待女人、想念女人、想像女人、愛慕女人、憎恨女人、讚美女人或批判女人，乃是我們所極為關切的。

（謝鵬雄，1993。）

當代作家們最常借用的紅樓人物，還是那令人關切的林黛玉。她是大觀園中文學修養與藝術修為最高的女性，也是明顯具有身世之感的人物。謝鵬雄分析林黛玉的「無家可歸」至少有三層含意：第一層是她的父母雙亡、寄居榮府；第二層是儘管她才情傲視群倫、智慧卻不足以自救的落落寡歡；第三層是曹雪芹塑造了林黛玉這樣一個人物，前無古人，後無來者，竟使讀者無法在舊小說的人物類型中找到同類。因此在中國文學史上，林黛玉是無家可歸的類型。正因為她獨特的思想與性情，因而予人深刻的印象。「林黛玉」三個字成為兩百年來中國文化意涵中「多愁善感」的代名詞，甚至比「多愁善感」這個形容詞更能強烈地表達了這個的意念。林黛玉孤立而強烈的形象特質，形成了一種「社會代碼」，代指多愁多病與傾國傾城的女子，因此這個名字一直流行在我們的生活中，成為約定俗成的符號。

在傳統社會裡，林黛玉是徹底反體制的人物，她自小父母雙亡、寄人籬下，所以沒有受到薛寶釵那樣的教養與規範，因此她不慣也不耐以理性思維處理人際關係。她只知順著性情來做自己想做的事，以她才慧的超群絕俗，在大觀園眾多姐妹組成的海棠詩社中，她總是屬

一屬二的瀟湘妃子，吟詩、填詞、聯句，從五律、七律、排律，到古風、小令，林黛玉無所不能，而且她的生活中也充滿了琴音樂理與寫作讀書，惟有女兒本份中的紡績女紅做的極少。關於「女人與詩」這個自始便不該相遇的結合，洛夫說道：

> 自古男女相悅，藉以暗通心曲最為有效的工具有二，一是眼睛，一是詩。
>
> 賈寶玉說：男人是泥做的，女人是水做的。水性至柔，我國詩的傳統講究溫柔敦厚，可知女人兼有水與詩的性質，而事實上女人寫情詩寫得最好。
>
> （洛夫，1986。）

林黛玉內心深處潛藏著一首絕美的詩——她的愛情。

林黛玉內心深處潛藏著一首絕美的詩——她的愛情。在兩百多年前的封建大家族中，林黛玉的生活形態與生命情調是一種病態，薛寶釵勸她：「女孩兒家不認字的倒好⋯⋯連做詩寫字等事，

這也不是你我分內之事。」當賈母得知她和寶玉私下的感情後，平時疼愛她的心也煙消雲散了：「咱們這種人家，別的事自然沒有的，這心病也是斷斷有不得的！林丫頭若不是這個病呢，我憑著花多少錢都使得，就是這個病，不但治不好，我的心腸也沒了！」作家方瑜感歎地說：

> 用今天的眼光來看，兩百多年前封建社會大家庭制度下目之為「病」的，其實正是一片真純的至情。

（方瑜，1976。）

他提醒我們讀《紅樓夢》時，勿以現代人的愛情觀與思唯直率地定義它：「如果不先認知書中的時代背景，及寶、黛所面臨的外在壓力，而單以現代人的戀愛態度來讀《紅樓夢》，絕對無法了解二玉感情發展的曲折幽微和作者筆法的細膩傳神。」

林黛玉的悲劇屬於性格悲劇，有別於其他舊小說中人物的命運悲劇，她的身世、才華與愛情，就是她的致命傷。謝鵬雄認為曹雪芹透過一個古今無類的孤女形象來訴說封建社會的虛偽，實在是苦心孤詣，因此脂硯齋才說這是：「今古未見之人，亦是未見之文字。」就此人物刻畫與文學思想而言，林黛玉的形塑，可謂劃時代了。謝鵬雄說：

> 中國小說，到了《紅樓夢》而從命運的悲劇進入性格的悲劇。作者為了營造這悲劇的性格，用盡了旁敲、側擊、暗喻、明敘、反寫、陪襯，乃至透過詩詞聯句呈現性情的方法，終能創

造林黛玉這曠古以來必然悲劇
的人物。

（謝鵬雄，1993。）

謝氏分析林黛玉的性格説：「有
一種人，很需要別人特別注意他，特別
照顧他，特別想到他，但他又太驕傲，
絕不能平白去求人照顧他。」因此她用
她的文學、音樂和犀利的言語去引起別
人的注意。第四十二回「瀟湘子雅謔補
餘音」，林黛玉想起大家口中尊稱的
「劉老老」，不禁笑道：「他是哪一門
子的老老？直叫他是個『母蝗蟲』就
是了！」這句話令大觀園眾人樂不可
支，尤其是薛寶釵：「世上的話，到
了二嫂子嘴裡也就盡了。幸而二嫂子不
認得字，不大通，不過一概是世俗取笑
兒。更有顰兒這促狹嘴，他用春秋的法
子，把世俗粗話撮其要，刪其煩，再加
潤色，比方出來，一句是一句。這『母
蝗蟲』三字，把昨兒那些形景都畫出來
了，虧他想得倒也快！」之後黛玉忙問
會畫畫的惜春，是單描大觀園呢？還

曹雪芹對於十二金釵的工筆彩繪，
給予現代作家很大的啟發。

是將大觀園裡的人物都畫出來？惜春說：「老太太叫連人物都畫上，就像行樂圖才好。」林黛玉繼續打趣說：「人物還容易，你草蟲兒上不能。」李紈不解：「這上頭何用草蟲？」黛玉正等這一問：「別的草蟲罷了，昨兒的『母蝗蟲』不畫，豈不缺了典？」「你快畫吧，我連題跋都有了，叫『攜蝗大嚼圖』！」眾人哄然大笑，史湘雲笑得連人帶椅都歪倒了，咕咚一聲，眾人越發笑個不住。這時林黛玉還不罷休，指著李紈道：「這是叫你帶著我們作針線，教道理呢！你反招了我們來，大玩大笑的。」李紈也不禁莞爾：「你們聽他這刁話。她領著頭兒鬧，引著人笑了，倒賴我的不是。真真恨得我只保佑你明兒得一個厲害婆婆，再得幾個千刁萬惡的大姑子、小姑子，試試你那會子還這麼刁不刁了。」文學女人透視了生活中的荒謬，甘冒大不諱，用犀利的言詞，以語不驚人死不休的氣勢發表自己對長輩、對同儕的評論。然而她們的孤獨與不被理解，甚至於在人言可畏的社會裡，所受到的批評與笑罵，也堪稱古今皆然了。

　　曹雪芹對金陵十二金釵的工筆彩繪，給予現代作家趙淑俠的啟發則是以微雕的技法，呈現中外文學女性的精神存在。在文學解讀中，接受主體與文本對象之間的對位關係大致分為兩種：當文本的敘述內容為普遍的人生經驗時，接受主體可以運用「冷眼旁觀」的視角，在文本與讀者之間保持一定的審美距離，並在此距離中介入理性思維及其人生閱歷，將文本內容做客觀的分析與詮釋。作家採用上述的解讀方法時，往往系統化地舉出文學中的女性形象及其思維，用以展現系列性的評述。另一種文藝接受美學的態度，則是因為文本內容與接受主體的片斷人生經驗吻合，好像物理學中所說的：它的「振動數」與

我的相同；文學性的說法則是：它的
「燃燒點」和我的相等。事實上，如果
一件藝術作品所具有的情感觀念不符合
我們自身的類似情感，我們就不可能理
解和評價那件藝術品，無論它是一座雕
像或一首詩。台灣許多現代女作家從林
黛玉的身上看到了自己人生的渺茫與痛
苦的情愛掙扎，那是她們共同的生活經
驗，尤其是情愛的經歷，往往與林黛玉
的思想性格達到了共鳴，而女作家們往
往強調「熱讀」《紅樓夢》，甚至於以
「深情式」的投入，做為愛好此一文學
作品的回報。以寫作一系列「文學女人
的情關、婚姻與愛情」的女作家趙淑俠
為代表，她試圖呼籲現代女性作家，
寫作領域的擴展與無限延伸：

文學女人外表孤傲，內心火熱，對
於世態人情的掌握顯得幼稚拙劣，
提起筆來卻又靈感泉湧。

　　女作家要從茜紗窗下的玫瑰色
　　夢中醒來……，女作家完全可
　　以寫海上的波濤洶湧、莽原上
　　的壯闊天空、戰場上的風雲變
　　色等等。

　　　　　　　（趙淑俠，1992。）

書評家因而稱賞她的風格為「浩氣」，英國劍橋大學將她列入《世界婦女名人錄》，趙淑俠自創「文學女人」一詞，指「內心細緻敏銳，感情和幻想都特別豐富，格外多愁善感，刻意出塵拔俗，因沉浸於文學創作太深，以致把日常生活與小說情節融為一片，夢與現實真假不分的女作家——多半是才華出眾的才女。」文學女人最大的苦惱起因於自身的矛盾心情。她們常常是內心火熱，外表孤傲。對人生的頓悟敏銳而高超，對世態人情的掌握卻幼稚而拙劣。提起筆來靈感泉湧，滔滔不絕，卻往往不懂得腳踏實地的真實意義。她們天真而富於幻想，因為不切實際，以致令一般人看來迂腐可笑。對感情固執而認真，如果自己挖個陷阱蹲在裡面，十萬個人也休想把她拖出來。她們的作品同時能夠引發千萬人的共鳴，因為：「從心靈裡流出來的東西才能最順利地流到他人的心靈裡去。」

讓文學女人至死不渝的「陷阱」正是她們的愛情，曹雪芹説那是「癡病」、「心病」，方瑜則稱之為「內心的地獄」，趙淑俠形容這是「內心的風暴」。古今多少文學女人陷落於此，李清照心境的淒涼蒼老、蕭紅的飛蛾撲火、張愛玲生命意境的荒涼、三毛的自殘……，文學的靈感來自內心一場又一場的風暴，但雋美而寂寞的詩心卻與五光十色、爾虞我詐的現實世界形成了戲劇化的張力。趙淑俠以為林黛玉短短的一生，活在愛情的煎熬裡，説穿了，是因為她不能隨俗，缺乏應付人際關係的手腕。

　　幻想與文思同生，白紙黑字下筆千言，彷彿無所不知，實際生活裡笨手笨腳，拙於應付社會，和多少有點神經質……。

文學女人對愛情的頑強執著，在林姑娘身上已表現無遺了。
曹雪芹太了解人性，怪不得他筆下的人物得以永生。

（趙淑俠，1992。）

　　文學女人將自己置放在飄邈的雲端，不讓心靈沾染一點俗塵，
所以注定她們要與孤絕相終始。然而她們總算是為美化人間、點染人
生而創作了多少詩歌與音樂，假如世界上沒有這些人，多采多姿的人
間該遜色多少！因此趙淑俠希望讀者，單單為了這一點，也該對身邊
的文學女人給予寬容的體諒和了解，生活在她們身邊的人，和她所置
身的社會，應給予極大的寬容與體貼，使她們從內心的困境折磨中，
同時也感受到外界的同情與溫暖，在相對平和的空氣裡，寫出人間之
悲、之喜、之美。

（二）「女強人」的形象

　　從事廣播劇本和兒童文學創作的女作家鮑曉暉，在她的散文集
《女人的知心話》中收錄了一篇〈大觀園的女強人──王熙鳳〉。她
認為《紅樓夢》中的女性大多像賈寶玉所說「骨肉是水做」的，既冰
雪聰明，又多愁善感。唯有王熙鳳與眾不同，「頭腦冷靜，行事果
斷，不讓鬚眉。」當大觀園裡的人安享著榮華富貴而不問紅塵俗世
時，王熙鳳單獨扛起了嚴酷的現實生活重擔，挑著管理賈府中人與事
的大樑。她除了善於管理外，還懂得在賈母、寶玉及眾姊妹間展現其
討喜的一面，因此她也是個善於處理人際關係，而且具有政治頭腦的
人物。她既擅長管理學，又有政治抱負，卻徒使鮑曉暉替阿鳳感到生
不逢辰。

如果生在現在，受過良好的教育，以她那管理的頭腦，細密的心計，處理事務的魄力，定是社會上一位出色的女強人。

鮑曉暉發出的喟嘆，也和謝鵬雄的說法吻合：「具有企業管理學碩士的頭腦。她（王熙鳳）若活在今天的社會，可能是大飯店裡的經理人才。也可以做一個大工廠的廠長。」她協理寧國府時所做的處置，「完全以現代化的分工與分層負責要領，把人與事分配好。這種頭腦與魄力，是一個大企業裡的主管所應有的能力，而鳳姐都有了。」（謝鵬雄，1993。）此外，小說家楊小雲也曾在《中華日報》的「家庭生活」版中針對王熙鳳這個角色抒發感懷。素性爭強好勝、言詞犀利的鳳姐，臨終前卻只能低聲下氣地哀求她向來鄙視的鄉嫗劉姥姥搭救自己的女兒巧姐，曹雪芹一貫悲憫帶給讀者什麼的警示？

一個人如果沒有愛心，沒有寬

女強人王熙鳳。

闊的胸襟，光有一張利嘴，除了令人厭惡外，還有什麼值得得
意？像鳳姊兒，夠厲害了吧，嘴上從不能吃半點虧，講話像鋼
刀削蘿蔔一樣傷人，結果呢？臨了還是要說好話、要求人。

（楊小雲，1995。）

如果文學作品讓我們及早體認到「三十年河東，三十年河西」
的炎涼世態，那麼我們更應該在掩卷之餘，期許自我在人生的頂峰，
放下過於得意的身段，隨著生命風光的江河日下，儘以平常心泰然處
之，一切只為留下璀璨的記憶火光，求仁得仁，求愛得愛……，也就
不至於步上鳳姐兒昏慘慘的歿世處境了。

《紅樓夢》作者對小說人物的精工美學，大約也可分為寫意與寫
實兩大藝術視野。和寶玉、黛玉、妙玉、秦可卿等帶有神話色彩的人
物相比，王熙鳳活在形而下的世界裡，具有十足的「寫實性」。對於
她曾經當著趙姨娘的面痛罵過的賈環，鳳姐高高在上的尊貴與環兒的
猥瑣低劣，又恰好互為極端的對照。鳳姐形象的塑造，或許正是《紅
樓夢》作者在她身上具現了理想中俗世的榮耀。

曾有另一位作家宣建人，在他的《紅樓夢雜記》中，將「女強
人」這個頭銜頒給了三姑娘「探春」。而王熙鳳則僅僅領到了一座為
陰影所籠罩的「蛇蠍美人」圖騰。探春在宣建人眼中，是一位「有經
濟之才兼有陽剛氣的千金小姐。」她有籌組詩社的雅興，又有當家的
本領，她的美是一種氣度不凡的英姿：「顧盼神飛，文采精華，見之
忘俗。」一巴掌打得狗仗人勢的王善保家的討了個沒臉，讓讀者大快
人心！比起害了賈瑞、尤二姐，又和賈蓉有曖昧關係的王熙鳳，三姑

娘才德兼修,所以探春才是鼎天立地的女強人。宣建人說:

> 曹雪芹善於運用女人的語言,真精彩!我想,探春如果生在今天,實在是一位女強人!真真要愧煞許多男兒漢、大丈夫!
>
> (宣建人,1993。)

一語透出兩層含意:曹雪芹的女(陰)性書寫很成功!而賈探春才是真正當之無愧的女強人。在文學解讀的世界裡,接受主體對文本中的人物產生了現實心理對位的投射。讀者們分別認同故事中的角色,並投身在小說事件中。隨王熙鳳犀利的眼光一轉,狠咒賈瑞道:「幾時叫他死在我手裡!」讀者彷彿自身就是那個耍了手段,修理色鬼的麗人。這種移情作用,讓讀書人任憑自己的情感支配,進而選擇了心目中唯一的偶像。

才德兼具的賈探春。

（三）「女性自白書」與「愛情厚黑學」

　　文學語言和一般的語言不同，前者採取一種開放式的符號組合，其中蘊含了豐富而廣大的審美空間。這空間的創造乃由於作者運用了各式各樣的詞組，發展出語言脈絡中的相似義、相反義、聯帶義、不盡義及象徵義等，促使文學語言所傳遞的訊息打破了符號與意義間的習慣連接，而讓讀者得到閱讀過程中的創意與興發。例如《紅樓夢》第九十八回黛玉臨終前直聲叫道：「寶玉！寶玉！你好……。」此一不確定的語義，在中國傳統社會人情的複雜性演義之下，言詞所形成的意象，可以找到許多相應的概念來闡述。例如：寶玉！「好糊塗」、「好狠心」、「好自保重」……。

　　當代通俗文學作家在紅樓文本的縫隙間，植入遊戲筆墨般的主觀意見，可先以苦苓為例。苦苓的《女性自白書》第一卷「中國查某」，即是介入《紅樓夢》中不明確、不穩定的藝術語言，以逞其遐想之才，編造出黛玉和寶釵兩人一來一往的「較勁」宣言。作者先借由林黛玉的現身說法來傾訴現代女子「真愛已足，何必婚姻？」的心聲：

　　　　偌大的賈府要真來辦選舉，那恐怕除了寶玉以外，大概不會再有任何人會投我一票了。因此我早就知道自己的命運，要想跟寶玉廝守終身的唯一途徑就是私奔。可惜我們兩人都不事生產、無一技之長，總不能叫我們在路邊表演葬花和吃胭脂吧！不過我還是驕傲的勝利者，那薛寶釵竟然要冒充我，才能和寶玉結婚。可見我才是寶玉想要共度一生的人。如此

有真愛已足，婚姻只不過是世
俗社會的成人把戲！

苦苓特別運用選舉模式，藉以突顯
林黛玉孤僻絕決的心境，並由此帶出這
位女主人公的宿慧──早就知道自己愛
情與命運的悲劇下場，同時也在字裡行
間將林黛玉視婚姻為世俗把戲的反體制
性格有效地映襯出來。苦苓以遊戲筆墨
輕鬆點出林黛玉作為文學人物，其造型
的三大特色：不得人緣、悲劇命運與反
體制性格，在寓莊於諧中突破了《紅樓
夢》本身的語言邏輯性，做到以個人風
格對全書主旨的掌握。

俏皮如苦苓者，當然不會只讓林
黛玉一人站上風，若不引得薛寶釵也出
來做一番驕傲的「勝利女神的宣言」，
「中國查某」怎見其熱鬧有趣？

哈哈！林黛玉妳畢竟輸給我
了！妳以為寶玉真心愛妳，妳
就勝利了？如果沒能和她長相
廝守，那些短暫的歡愉歲月不

林黛玉曾以《五美吟》道出自己孤
僻絕決的心境。

過是鏡花水月，徒留悵恨而已。我早就知道，決定我嫁入賈府的，不是寶玉，而是在府中真正握有權力的人，所以我一到賈府，就上上下下打點得服服貼貼。如果當時可以投票，相信我一定會高票當選！我也知道寶玉最恨科舉功名等俗事，但我仍毫不猶豫地勸他向上，這麼一來，所有賈府裡的人不得不支持我。你看！當你站在所謂「正義」的一邊時，勝利是多麼輕而易舉呀！什麼？妳說寶玉最後還是出家了？那有什麼關係？反正他從來也沒有真正愛過我。對於我們這時代的女人來說，寶玉做到了求取功名、結婚生子，我得到了榮華富貴，又坐穩了「賈夫人」的寶座，我可以說是如願以償了。

　　兩篇文字的對照，使得薛寶釵作為女子的心機，無所遁形。苦苓也許在無意間造成了文學欣賞者，發揮想像力與再創造的自由性，以文學解讀與審美意識為起點，開展出超經驗的創作。當接受者從文本中選取了一個審美對象，進而將實相轉虛，便使得現實的感知意識轉化為非現實的想像。俄國文評家別林斯基教人們體會莎翁名角「哈姆雷特」時說：「必須不依賴莎士比亞，根據你的主觀性去想像他。」這種接受主體的非現實想像，前提在於審美對象必須是典型人物，例如：林黛玉、薛寶釵、哈姆雷特。這些人物長期流行在讀者的現實生活中，形成了一個個「社會代碼」，於是苦苓等人便在欣賞想像中自由地發揮其創意書寫。

寶釵

女性的心機隱藏在每一個細微的肢體語言中，引發讀者無限的解讀趣味。

此外，成功的人物形塑，還在於小說家藉由人物所烘托出來的生命境界與價值取向，這些言有盡而意無窮的神韻與文學趣味，落實在《紅樓夢》的文本解讀中，便成為曹雪芹的藝術手法適度地掌握了以少勝多、虛中見實的魔幻寫實技巧，讓欣賞者的心理活動得到充分發揮的空間，以至於有許多作家在小說人物的整體神韻概念上賦予她們活靈活現的千姿百態。猶如不同時期的藝術家以其彩筆妝點出的十二釵畫像各不相同，每一時代作家為紅樓之靈所賦予的血肉，亦飽含了各時代的社會特色及作家屬性。

事實上，幻覺與想像正是閱讀過程的中心，在這些作家讀者虛構《紅樓夢》的心理狀態中，許多意識與潛意識層面的活動，其形態往往就是基本概念下的審美體驗。作家閱讀《紅樓夢》時，同時也在建立其想像中超越了文本的虛構疆界。在紅樓文本中馳騁超經驗女性書寫的另一位作家是吳淡如，她的「愛情厚黑學」將《紅樓夢》想像成

「一個美麗動人的少年心事」：

> 說穿了，《紅樓夢》不過是一
> 個中國少年的愛情史。

> 是一個作者對人生的看法，不
> 吐不快的遊戲筆墨。
>
> （吳淡如，1995。）

為人的自信與清高，有時也需要做出明顯的分界

　　因為是愛情史和對人生的看法，因此吳淡如用《紅樓夢》為現代人建立起一套「愛情厚黑學」，再進一步「從愛情看人性」，發展出一套「人性的厚黑學」。「讀《紅樓夢》等於是上了『人性』的一課，而男女之間的感情，是最能夠看出人性的。」現代人在《紅樓夢》中學習人生必修的戀愛學分，曹雪芹這位老師指點我們，首先要懂得讚美，並且減少不必要的批評。從賈寶玉讚美女孩兒的眼神中，以及鳳姐兒開心地歡迎林姑娘等肢體語言裡，我們體會到「讚美」在人與人之間，扮演著多麼的重要的角色。再者是尊重。賈寶玉

死心踏地愛著林黛玉的原因正是黛玉尊重他的自由，絕不逼他成為祿蠹，和專做八股文的書獃子。「即使你逼他做到了你要求的地步，他也不會感謝你。」

我們還要學會寬容，但是又不能太寬容。迎春的寬容太徹底，卻成了懦弱和姑息養奸。因此，過與不及需要仔細權衡。同時，人要能不失天真，才更難能可貴。而史湘雲的天真確實很可愛，值得參考；林黛玉的天真，卻過於小心眼，總以為別人要欺負她，這種天真便不可取了。在處世的幹練上，鳳姐雖能幹，可是道高一尺，魔高一丈，所以她的丈夫也最花心。平兒可學，她貌美而公正，氣質清新高雅，處於花心的賈璉和善妒的鳳姐之間，往往能明哲保身，確實是難得的學習榜樣。

此外，為人的自信與清高，有時也需要做出明顯的分界。妙玉做人過於挑剔，連黛玉都被她譏為俗人！是給現實社會中許多眼高手低者的警醒。戀愛中人還要不斷吸收新知，讓自己成長。畢竟封閉的大觀園生活史中都是現代人的一個警訊，它告訴我們，唯有充實的人生才能真正掌握屬於自己的命運。最後，戀愛中人要有好聚好散的心理準備，林黛玉得知賈寶玉的新娘不是她，立即萬念俱灰，病情直轉急下，終至藥石罔效，撒手歸天。這樣的殉情者不該一而再地出現，事實上，林黛玉死後，世界並未因而改變，樹葉還是一樣的綠、花兒一樣的開，少了一個人，地球一樣在轉！

《紅樓夢》是一部人性學，千古以來，人性改變的成分不多，隨著時代社會腳步的演進，現代人需要學習處理更多元的人際生活課題。「厚黑學」本為市場經濟牽引下備受扭曲的人格解析，作家引用

它來分析紅樓人物的性格傾向，為人們提供了許多生活態度上的引導與啟發，也為讀者將《紅樓夢》轉化成一部實用的智慧文本。

文學史的經驗告訴我們，歷史上千古傳唱的作品畢竟不占多數，而作品享譽盛名的因素也很複雜。從歷史的角度審視，一部名著的接受理論要義不僅在於學術界所給予的直接描述與闡釋；更重要的是文學被視為一種文化產品，與消費大眾之間的長期辯證關係。作品的歷史內涵在於匯聚一代又一代人之理解與詮釋的接受理念，使得一部作品的美學價值獲得印證。對於《紅樓夢》而言，舊時代的藝術作品與當前人們所關注的生活焦點產生了某些密切的聯繫，而現代作家的作品，同時可被視為連接過去與現代的中介。人們追尋紅樓美學的歷程所展現出的意義，在於不斷地以自己的閱讀史與生命史為文本延展出更寬廣的詮釋空間，那將是屬於個人的，同時也是整體時代的特殊審美觀。

（四）敬業樂群

《紅樓夢》對現代作家與社會的特殊效益，同時也存在於作家們以其自身實際的工作經驗，以及每天所接觸的團體生活場域，比附於紅樓人物及其相關事件，架構出他／她們對《紅樓夢》的特殊審美視野，同時也開展出自我教育的學習與成長空間。在閱讀並寫作的過程中，作家把《紅樓夢》的原始意圖與具體的可親的現代社會活動進行比較，通過對文本的尋思與詮釋，為讀者提供了生活觀念上的提醒與建議，展示散文做為一獨立而特殊的文體，在社會功用層面上，有別於詩歌、小說的特殊意義。散文作家與讀者共同成文是紅樓文本的「實踐者」，使得紅樓文本的意涵在散文家與讀者群的共同理解活動中完成。

史湘雲的活潑、自然與樂觀，成為現代人最為欣賞的人格特質。

在十二金釵中，小說及散文創作者楊小雲，最喜愛天真爛漫又率直的史湘雲。湘雲活潑、自然和樂觀的人生態度是繁忙於瑣碎細節的現代人特別需要自我培養的人格特質，而且尤其是女性。史湘雲醉臥芍藥、大吃鹿肉、搶聯即景詩……等，無不顯示出她的率真。楊小雲在〈成熟中不失嬌態〉一文中特別提及她這種「嬌酣」的可愛特質。

> 用現代的眼光來看，史湘雲的性格有一些傻大姐的味道，心理想什麼嘴上就說什麼……。
>
> （楊小雲，1995。）

這樣的性格對現代女性的生活有何助益？原來「純真」的表現很可能是女人美麗與可愛的關鍵，因為這份赤子之心，同時也是愛心、溫柔心和同情心的綜合體：

> 就是一分真誠、質樸的率性，事事關心，時時開心；尤其對

吸收新知，永保興趣；對生命，
總懷抱著欣欣向榮的活力；對
朋友，又總是那般的熱情。

因為人的一生中，最可貴的部分
就是「真」，所以史湘雲的特色顯得特
別有價值。它包括了孩子的無邪、少女
的覥腆，以及成熟女性的嫵媚。對於現
代女性而言，這幾乎是一種在失而復得
中，必須備感珍惜的處世哲學與人生智
慧。表現在具體行動中像是：

「純真」的表現，很可能是女人美
麗與可愛的關鍵。

　　說該說的話，做該做的事，開
　　心時，開懷大笑，悲時，掩面
　　而泣，不故做淑女，也不故做
　　神聖，想吃就吃，要喝就喝，
　　不假仙，不矯揉做作。在工作
　　場合當中，不搶鋒頭，不蓄意
　　出頭，但是若需要開口的時
　　候，也不退縮，不膽怯，而能
　　從容不迫地表現；即使表現的
　　結果不如理想，不夠完美，然
　　而在態度上的誠懇，卻是真實

的，如此便以贏得了別人的認同，獲得眾人的肯定。

　　楊小雲藉史湘雲的特質提醒讀者，現代女性在職場以及一般人際關係的處理當中，每多一分率性純真，就給對方減輕一分壓力；每多一點嬌酣可愛，就可以在人與人的關係中減少一分緊張，這是使得婦女確保優勢的智慧。然而要讓這種特質散發出來，卻也很簡單，那就是「自然」：

　　　盡量將自己最自然的一面表現出來，即使不完美，也總比裝腔作勢要好得多。

　　表現「自然」只是基本的自我教育，更重要的是常保赤子之心，才能為自己的生活帶來新鮮、活力與健康，成為一個不斷成長與更新的魅力新女性。

　　類似的例子還有方瑜利用《紅樓夢》中的一個事件提點讀者能夠樂其所業，才能精益求精、更上層樓。《紅樓夢》裡有一回王夫人要用人蔘，偏偏家裡用完了，使她不由得感歎道：「可真應了那句俗話：『賣油的娘子水梳頭』。」賣油的娘子因為油賣完了，所以自己反而用水抹頭。方瑜覺得從王夫人口中說出這句俗諺頗值得現代人深思。原來在台灣如果賣油的娘子用水梳頭，那可能是因為她看多了、用膩了，以至於偏偏不肯用油。現代人普遍存在著「職業性的冷漠」，每天忙著跑新聞、編報紙，卻忙得沒有時間看報；醫生每天替病人看病，反而對痛苦呻吟充耳不聞：「熟極無感，習焉不察」，這

樣的結果使人變成「除了自身利器攸關
的事物之外，其他一概視而不見」，直
到養成了只問利益，而不願在職場上精
益求精。王夫人因為有感於平時家裡人
蔘多，偏偏要用的時候都沒有了，因此
才會說賣油娘子水梳頭。試想如果賣油
的娘子桶裡還有油，她又何必用水梳
頭？因此這並不是因為賣油的嫌油膩，
而是出於一份敬業的態度：

> 能敬業，當然比「做一行，怨
> 一行」好得多，然而，「好之
> 者，不如樂之者」，如能樂其
> 所業，成就豈非更不可限量？自
> 己蒸的饅頭連自己都愛吃，客
> 人還有不口碑載道的？……只
> 要對周遭的人、事、物能多付出
> 一份出自心底、無利害關係的關
> 懷，相信人間一定會更好！
>
> （方瑜，1985。）

無論「認真埋首於工作中的人最
美」，或是「樂其所業」、精益求精，

《紅樓夢》隱含了女性柔和的工作
美學。

創作生活散文的女性作家往往願意提醒現代人敬業與樂群的積極意義，因為它是一種充滿了人生意義的美感，女作家以其感性的筆調書寫《紅樓夢》以降的「女性工作美學」，讓我們看到的是，《紅樓夢》的寫作在原作者心目中或許只為了某種獨一無二的精神意念，而創造這樣一部單一的結構，卻在後世的許多閱讀心靈世界裡，沉澱、發酵，釀造出豐富多樣的各種醇美的故事佳麴。作品的多樣性精華一旦展開它有效的歷史，便似流淌的江河，綿延不盡。它的開創性意涵將會在讀者與文本之間永續地交流下去。

由於文學作品的文本意義在於讀者的心理交流過程，此間讀者的活動乃是透過各式各樣的觀點來建構文本，使得文學研究發生理論中心置換的現象。例如「紅學研究」於此意義上即可脫離傳統的「曹學」或版本考證與索隱，甚至於超越《紅樓夢》原著的美學探索，而更上一層樓地進入「讀者的解釋學」領域，其意義不僅在於紅學研究的拓展，同時也是對現代作家之文學背景的進一步觀察。由於許多作家主觀性地對於紅樓生活美學存在著閱讀及詮釋上的主動掌握，因而激發了他／她們閱讀的多樣化潛能。此間所產生的作品，多數可以理解為個別的「紅樓夢解釋學」。而另有一種關於女性的紅樓書寫經驗是在某一段時空範圍內，將生活的瞬間感受具體地比附於《紅樓夢》，使得當下融入此情境中的人都感染到了《紅樓夢》裡一場場猶如狂歡節般的歡鬧氣氛。康芸薇的散文〈十二金釵〉描述作者和邢夫人、蕭、李胖、張太太、熊大媽等十一位鄰居太太的相處情形，她們每天中午聚在一起吃飯聊天，久而久之變成了習慣，所以號稱「十二金釵」：

幾個看過《紅樓夢》的人彼此
尷尬的望著，彷彿是說：「我
們十二個人，那像金釵呀！」
沒有看過《紅樓夢》，不知道
十二金釵的人，以為是熊大媽
要大家結拜姊妹⋯⋯

（康芸薇，1984。）

作者的丈夫甚至笑説：

「我不知道你們十二金釵都有
誰，」他說：「我知道你閣
下、李胖、張太太和邢夫人，
你們幾位走到街上，人家看了
會趕快讓路，以為是從日本來
的女子摔角隊，怎麼也不會想
到是十二金釵。」

無論是「十二金釵」或「九美圖」，
都是記憶中最美麗的聚會。

不過時間一久，大家都接受了這
個稱號，並且開始學蘇太太她們在公司
未蓋房子的土地上種菜，「這種氣勢讓
蘇太太他們幾個種菜的太太很羨慕，竟
組成了九美圖，要和我們十二金釵分庭
抗禮。」類似的例子，還有一九九〇至

九一年，蜜絲佛陀公司借取法國和日本經驗，招考十二名男子組成彩妝巡迴發表團，叫做 MMA（Male Makeup Artist），當時也被媒體喻為「十二金釵」。當年的十二金釵之一，後來擔任聖羅蘭藝術總監的董國榮說，之所以是 MMA，而不是 FMA（Female Makeup Artist）乃是因為當時的社會背景，認為男性代表專業，而且在女性消費為大宗的化妝品市場上，「性別」本身就是一個絕佳賣點。因此「十二金釵」在台灣曾經有一段時期在化妝品領域裡，指的是十二位專業的「男性」化妝師。

此外，電視節目及報導媒體亦將獲選接受十二件旗袍贈予的觀眾稱為「十二金釵」。除此之外，被社會引用最多的還是「大觀園」，因為劉姥姥進大觀園的情節帶給民眾普遍深刻的印象，所以台北的茶藝館、自助餐飲店均有以「大觀園」為店招的實例。有線電視節目，例如：CBS HOUR 的「馬戲大觀」、衛視中文台的「電玩大觀園」、DISCOVERY 的「動物大觀園」及「發明大觀」，還有《作文》雜誌中的「童話大觀園」等，大觀園的式樣繁多，意涵包羅生活各層面，尤其是在民眾文娛需求方面，事實上已成為民族文化的重要符碼之一。此外還有「石頭記」、「紅樓夢」之引用亦不乏其例。這種情形與前述之「紅樓解釋學」對映，是一種《紅樓夢》與社會各行業命名現象的考察，在紅樓文本給予現代人的多樣啟發與實踐上，無疑也是紅樓接受美學的另一個觀察面向。

（五）戀玉／慾癖

《愛玉的人》和《玉想》分別是鍾玲與張曉風兩位女作家談「玉」的散文集。鍾玲因中學時就迷上了《紅樓夢》而對「通靈寶

玉」產生了遐想，認為這是寶玉靈性的
代表：

> 上面依附著他對人生一切美好
> 事務的愛和欲。
>
> （鍾玲，1991。）

作者透過寶玉的靈性與個性的分
析，進而將她們對人性潛意識的體察滲
入其作品中，形成傳統文學影響個人才
性的顯明實例。賈寶玉的愛與欲，原是
《紅樓夢》文學思想所探討的重心，第
二十一回寫道寶玉白天與襲人嘔氣，晚
飯後見大家嘻笑有興，卻落得他獨自對
燈，冷冷清清，待要趕上她們去，又怕
她們得了意，若是拿出作主子的光景嚇
唬她們，似乎又太無情。説不得只好心
一橫，全當她們死了，橫豎自家也是要
過的。卻反倒毫無牽掛，而能怡然自樂
起來。於是命四兒剪燭烹茶，自己仿
《莊子‧胠篋》寫了一篇續文：

> 焚花散麝，而閨閣始人含其勸
> 矣。戕寶釵之仙姿，灰黛玉之

賈寶玉與花襲人嘔氣，反而領悟了
《莊子》的意境。

靈竅，喪滅情意，而閨閣之美惡始相類矣。彼含其勸，則無參商之虞矣。戕其仙姿，無戀愛之心矣；灰其靈竅，無才思之情矣。彼釵、玉、花、麝者，皆張其羅而邃其穴，所以迷惑纏陷天下者也。

愛與欲是迷惑天下人心的兩大纏綿無休的陷阱，寶玉為一時間的困頓而續《莊子》，並不保證從此得到解脫，因為人生的欲求隨生而來，從死而去，有時也自有它的循環起伏，我們唯一能確定的是，它始終與我們相依違、相終始。對此人生課題，張曉風也曾將賈寶玉和通靈寶玉的合而為一，視為一場情劫與一切人生欲求的象徵。

只是那欲似乎可以解作英文裡的 want，是一種不安，一種需索，是不知所從出的纏綿，是最快樂之時的悽涼，最完滿之際的缺憾，是自己也不明白所以的惝惝，是想挽住整個春光留下所有桃花的貪心，是大澈大悟與大棧戀之間的擺盪。

（張曉風，1995。）

王國維先生解釋《紅樓夢》中的「玉」說：「所謂玉者，不過生活之欲之代表而已。」（王國維，1994。）依據第一回女媧煉石補天的神話，王氏認為生活中的欲望在人類出現之前就已經存在，人生的過程不過是為了印證欲望之使人墮落。所以人生的不幸來自生活的無窮欲望，而解脫痛苦之道在於出世，此乃寶玉最終脫離生活之欲的沉溺，而飄然遠遁的原因。鍾玲和張曉風兩位作家由寶玉的玉與慾在概

念上的互相融攝，提出人性欲望與生命
不離不棄的依存關係，是繼紅學專論之
後，以生活散文的形式，精要地為讀者
點出寶玉的「玉」與人生之「欲」相互
疊影，以映照人間萬千景象的抒情性
之作。

二、紅學的實用主義

　　同一文本對象，和不同時代、不
同地區、不同興趣的讀者發生聯繫時，
讀者以其審美意向與本身所具有的知識
系統，在文本世界中所構成的價值取
捨，往往也同時反映出他們所身處的時
空背景的具體圖像。這種情形好比海市
蜃樓，遠方虛空中的城市樓閣，確實是
作家心靈深處一座大觀園的側影。《紅
樓夢》中所描繪的繁華榮景：飲食、醫
藥、服飾、園林建築，乃至親子、兩性
等等生活體驗，並未隨其時代的消失而
停留在原有的歷史情境中。它的轉化是
在現代作家們自覺地發展其生活美學的
當下，一一重現的當年繁華。每一個時
代都有作家對這些生活細節發表自己

賈寶玉最終脫離了生活之欲，飄然
隱遁，與甄寶玉形成了對照。

177

的想法。無論這個時代的讀者對作品的理解有多透徹，下一個時代的人總有更新的想法出現，並且任何一個時代都不能把所有的話說盡。《紅樓夢》兩百年來在民間生活藝術上所散發的影響力，於此處得到印證。這開採不盡的富礦，在作家們反覆地賞析中，新的體驗和聯想也不斷地出現，於是，審美欣賞中的再創造便永無止境。

（一）「鐘鳴鼎食」的省思

　　許多作家都曾試圖將《紅樓夢》中的飲食、醫藥、服飾、園林藝術等現象與價值觀還原到現實生活裡，以散文情境刺激讀者的感官接受，在美的薰陶與想像的滿足裡，完成一個一個藝術型態的美夢，更由此理解傳統中國的生活美學。盧非易是特別對飲食感興趣的作家，他藉《紅樓夢》中吃粥、喝茶等養生之道，闡發個人的心得。「粥」在古代是貧人和病人的食物，早期的台灣社會則更是窮困的象徵，尤其是地瓜粥裡的米已經稀薄到以地瓜來取代的地步時，「粥」給予現代社會的一般印象並不高尚。然而古人食粥者事實上曾另有一番雅緻的講究，宋代林洪著有《粥譜》，其中記載將梅花掃落洗淨，以雪水與白米同煮，稱為「暗音粥」，依法泡製的還有荼蘼粥、木香粥等。兼具高雅品味與養生之道的粥，當推《紅樓夢》裡的幾種煮法，如：「鴨子肉粥」、「棗兒梗米粥」，以及薛姨媽家的半碗「碧梗粥」等。清代《食味雜詠》中記載，碧梗是一種細長、微綠、炊時香氣四溢的優質米。而梗米粥則是燕京一帶的清晨點心，《養生隨筆》亦云：「梗米甘平，宜煮粥食，粥飲為世間第一補人之物。」即使以現代營養學的觀點來看，粥有米粒中的營養精華，同時又有易吸收消化

的功能，無怪乎成為賈寶玉經常性的營養點心，這種景況與曹雪芹當年窮困潦倒而「舉家食粥」的窘局，形成鮮明的對比。而今，後者多為一般人所熟悉的食粥文學意象；猶如賈母將鴨子肉粥換成清淡的棗兒梗米粥之後，賈府的勢運竟也清淡到繁華難再的地步，而從前養生與情趣兼備的粥品藝術與食粥美學，亦漸漸乏人問津了。至於《浮生六記》裡的主人公沈三白，因為送堂姐的花轎至城外，回家時已過三更，肚子餓了卻又嫌婆子給的棗乾太甜，這時未婚妻芸偷偷拉著他的袖子進了閨房，原來房裡藏了熱粥和小菜，三白正要動筷子的時候，堂兄玉衡來了，芸急忙關門說：「已經睡了。」結果還是被玉衡擠了進來，調侃道：「剛才我向妳要粥吃，妳說已經吃完了，竟然把它藏著，專門款待妳丈夫的呀！」這件事傳開後，惹得當事人一見面就躲躲藏藏，家族上下人等卻都引為笑談，直到新婚時還成為兩人的話題。「粥」之作為飲食文學天地裡的成員，在往日閨房情趣的追憶中，

清代小說《紅樓夢》與《浮生六記》裡，閨房總有既可傳情表意，又清香、細緻的點心。

無意間扮演了催情者的角色，沈三白運用溫熱的清粥譜寫夫婦之愛，「粥」在中國傳統世俗人情裡的意象，由此更為淳厚豐富，含藏了居家人倫的溫情與閨房閒談無盡邈遠的人世風光。

除了品粥的藝術之外，「紅樓茶事」是另一項為人所樂道的生活文化。古人一般掃雪烹茶，或以茉莉花為柴薪，已被譽為風流雅事，上述《浮生六記》裡，芸在夏季夜晚用小紗袋裝一點茶葉，置於荷花含苞的花心裡，第二天早晨花開，取出茶袋，以泉水沖泡，茶香自是美極。《紅樓夢》裡的妙玉從蘇州玄墓蟠香寺（又名「香雪海」）的梅花上收集浮雪，藏於甕中埋在地下五年，始得一盅清水煮茶，作家盧非易認為這是一種中國式的自我完成的儀式。

> 妙玉透過了掃雪煮茶的儀式，完成了自我潔淨，也信從了中國天人合一的神話。
>
> （盧非易，1998。）

《紅樓夢》裡的飲食文化突顯了文學中的象徵性，通過妙玉奉茶的儀式，作者為我們展現了妙玉的為人。上海飲食文化研究者陳詔指出，佛教傳入中國後，清雅的茶文化與修養高深的僧侶文人結合，名山古寺往往興起飲茶之風，茶事因而成為僧人、士大夫所講究的清修和藝術品味，這也許是妙玉對茶文化感情虔誠的歷史因素，而「檻外人」一番茶藝知識的演示，同時也是自我性格與形象完成的表態。

抒發紅樓之美的散文，是現代作家對《紅樓夢》審美體驗的藝術成果，作家們企圖還原歷史經驗的再創作，不僅是凝結於《紅樓夢》的

一種純然客觀的討論，更是在欣賞與接
受的過程中，實現了主、客體的互動，
與開放感官以探尋藝術生活的成果，同
時也形成了作家們對藝術本質的新興觀
感。在還原歷史的前提下，於作家本身
的學養，以及創作動機等因素在他們的
意識中錯綜變幻，使他們不僅為自家的某
種概念以書寫的活動來進行衍化，同時
也試圖提供讀者豐富性的人生經驗與閱
讀觀。王溢嘉論林黛玉的愛情、疾病與
死亡，也是典型的例子。古典浪漫愛的
精神在於將愛情永遠懸擱在最熾熱的高
原狀態，讓愛情故事在最燦爛的一刻凋
落殆盡，留給世間讀者盪氣迴腸的萬種情
思。因此主角必須通過「適時的死亡」來
成就其浪漫愛。

愛情、疾病與死亡，是古典女性文
學經常表現的主題。

　　十八世紀以來，肺癆患者呼吸器官
顫動的咳嗽，在文學家的眼中成為一種
與生命掙扎的淒美姿態，肺結核也成為
藝術家與多愁善感者所得之病。王溢嘉
認為，林黛玉之所以罹患此疾，其實是
一種以文學筆法試圖傳達女主人公內心
情感的投射，亦即，渾身火熱、面上作

燒等症狀，象徵著她心中可欲而不可得的愛情在體內的壓抑與悶燒。是父母之命、媒妁之言的禮教社會，視浪漫愛本身被視為一種病態，這也使黛玉生病成為一種文學性的隱喻。王溢嘉以其醫學的專業眼光及文學的心靈感受，認定林黛玉只該得此肺病來證明她的內心無由消除的熱烈情愫，以及詩人獨有的濃厚藝術家氣息。而事實上大部分青春期患上此病的人，都在疾病的摧殘下，逐漸耗損了形體，像一朵嬌豔的鮮花，慢慢地枯萎，最後掉落到泥土裡。也許是時代或生活不安的動盪感，讓人們產生了厭倦的情緒與憂鬱的心理，使得許多偏愛美與人格明顯呈現自戀的人，把自己潛意識深層的孤獨感用文學、音樂、繪畫等媒介傳達出來：

> 她在寶玉送來的絹子上題詩時，「覺得渾身火熱，面上作燒」，照鏡子發現「腮上通紅，真合壓倒桃花」。這一方面固然是肺結核「發燒」的症狀，但一方面也是她「體貼出絹子的意思來，不覺神痴心醉」的結果。病歟？情歟？我們宜兩者合而觀之。

> （王溢嘉，1989。）

作家們或以其專業的判斷、興趣的參與，及對於人性的觀察與體驗，發揮想像以詮釋《紅樓夢》作者在小說中所設計的生活樣貌，讓讀者以人情之常、世事之美，體驗大觀園等特定時空下的感性生活，在飲食與醫藥等方面，尤其如此。至於與飲食和疾病相呼應的是《紅樓夢》的作者也擅長應用服飾裝扮來刻劃人物的性格與界定角色地位。曹家祖上三代世襲江寧織造，前後長達六十年，曹雪芹在耳濡目

染中，對於官宦之家的衣料與做工，自然有其講究的一面。而作家張曉風對其間服飾美學的體悟，則是由色彩及染料的來源，進而領悟人物基本性格的異同。她談及寶玉的「大紅猩猩氈」和香菱的「石榴紅裙」時說道：

> 和寶玉的猩紅斗篷有別的是女子的石榴紅裙。猩紅是「動物性」的，傳說紅染料裡要用猩猩血色來調才穩得住，真是悽傷極點的頑烈顏色，恰適寶玉來穿。石榴紅是植物性的，香菱和襲人兩個女孩在林木薈鬱的園子裡，偷偷改換另一條友伴的紅裙，以免自己因玩瘋了而弄髒的那一條被眾人發現了。整個情調讀來是淡淡的植物似的悠閒和疏淡。
>
> （張曉風，1985。）

《紅樓夢》告別讀者的鏡頭是在白茫茫一片雪地上的大紅猩猩氈，如此醒目！的確予人強烈震撼的悽傷。這足以驚世的色彩學，暗示我們小說原作者獨特的奇情才思與強烈的個人風格。也容易使我們對照起第四十九回的「琉璃世界白雪紅梅」。寶玉在清晨看見玻璃窗上光輝奪目，誰知不是晴光，竟是一夜的雪，下得將有一尺厚，而天上仍是搓棉扯絮一般。他高興得出了院門，四顧一望，遠遠的青松翠竹撲人一股寒香，他意識到自己彷彿置身在玻璃瓶裏了。回頭一看，卻是妙玉的櫳翠庵中，有十數枝紅梅，如胭脂一般，映著雪色……，那場景讀者自可想像了。後來寶玉聯句落了第，李紈說道：「我才看見櫳翠庵的紅梅有趣，我要折一枝插在瓶裡，如今罰你去取一枝，插著玩兒。」

白茫茫的冰雪世界裡十數枝火紅梅花，牽惹出妙玉的情欲是那樣

白茫茫的冰雪世界裡，十樹枝紅梅花牽惹出妙玉火焰般的情慾，又是那樣的純淨潔白。

的潔白純淨，又熱烈得似火焰燃燒，我們也就認出了另一頭青春喪偶的年輕寡婦，遙望紅梅的眼裡，有著永不熄滅的愛與欲。賈寶玉的紅氈是用血色染成的極至的悽傷，站在火紅梅花林中的妙玉又是怎樣的煎熬？那遠遠凝望的寶玉怎能抵擋情欲之流底層的漩窩？自己也站立不住非得陷進這片火熱的花海中，體驗縱情的滋味。在此一旁靜靜地觀看這熱情展演的是同屬植物情調，悠閒而疏淡的草木之人，她總在「茜紗窗下」映照出一片飛紅的容顏，有時也似火燒的青春。茜草畢竟不是無情物，曾經化作紛紛的殘紅，教葬花人獨自哀憐。因此，當寶玉冒雪前往櫳翠庵時，只有黛玉明白為什麼，李紈還要派人跟著，黛玉卻阻攔：「不必，有了人，反不得了。」寶玉的情，只有黛玉懂得。中國以《紅樓夢》為首的傳統人情小說，就是這樣以園林與服飾等無謂的筆墨渲染，傳遞出重要而大量的文學訊息。

（二）堪嘆古今情不盡

人們的時代與社會生活，往往建立在過往的基礎上。「傳統」於是成為現代社會生活的背景一隅，而新時代的種種思潮有時也不免殘留著舊社會生命的贅續。因此我們的生活必然繼承了某些過往人物的影子，它們存在於一切的社會規範、人際關係與道德倫常之中，化為無物，卻如影隨形。於是即使是不同條件與狀況下的社會生活，往往也有極相似之處。散文家朱自清曾說：「古人所謂『人情不相遠』是有道理的。儘管社會組織不一樣，儘管意識形態不一樣，人情總還有不相遠的地方。喜怒哀樂愛惡欲總還是喜怒哀樂愛惡欲，雖然對象不盡同，表現也不盡同。……人情或人性不相遠，而歷史是連續的，這才說得上接受古文學。」（朱自清，1939。）《紅樓夢》所反映的性愛生活、家庭倫理，乃至生老病死……，等等感情現象都必然積澱在任何時代與社會的中國人生活裡。文學是人學，其永恆的精神存在於歷史與生活的連續性之

儒家傳統倫常觀也反映在《紅樓夢》裡讀書做官的人物身上。

中，挖掘人類精神中普遍而不朽的藝術價值，同樣能為現代人提供經驗與借鏡。

儒家傳統倫常極重視父子關係，然而實際上父子之間的感情往往只存在著應然的道理，而缺乏溫情，最顯著的例子是賈政和寶玉。現代作家藉由賈氏父子探討現代父親形象的轉變，以及由父子之情延伸出男子之間的情感問題。曹又方曾感歎道：

> 每回想到要為中國式的傳統父親選舉一位代表，《紅樓夢》裡，賈寶玉的父親賈政，便會油然浮現腦海。這對父子非但全然無法溝通，而且兩人連共處一室都感窒息，更不要說彼此能夠交流和自在了。
>
> （曹又方，1995。）

傳統社會的父親具有尊嚴和權威，卻在情感上過於內斂，父子之間只講義務，而不求認同。謝鵬雄指出：

> 賈寶玉不但「不像」他的父親，而且意識上反對他父親所認同及重視的所有價值。
>
> 平日互相迴避，一旦有事，老子生兒子的氣，兒子找祖母做靠山，父子之間永無真正相互了解的時候了。
>
> （謝鵬雄，1994。）

　　寶玉扛著千年的教條枷鎖，被迫以單薄飄零的生涯抵擋廣大虛偽的人生，但是他並不敷衍，也不虛與委蛇，他只是找不到安頓身心的地方，在怡紅院裡他總是心慌慌的，眼看所有的女兒正值青春恣情的奔放年齡，他只能放任她們，任她們在雨天折紙船潑水，任她們在陽光草坪間簪花鬥草，任憑她們喜笑悲歌，他隨著她們綻放歡顏，也陪同她們淚落悲泣。他只能變成一個教父親生氣、讓母親擔心的兒子。曹又方借此說明父子關係是亙古以來的沉默：

> 從一開始，父子關係，便是一種地位不平等的人際關係。
> 這種陰沉而緘默的父親形象，幾乎是千古屹立不變。
>
> 父親是我們一生中，第一個給予我們壓迫感的人。又由於我們對他寄予厚望與信賴，但往往換回來的卻是冷漠、失望與痛苦，致使我們對遭受背叛的恐懼極為深重。
>
> （曹又方，1995。）

　　曹又方期待「新人性爸爸」的出現，至少能夠依循父女關係柔婉而不對立的模式：

> 也許，父親放下身段，拉下面子，與孩子們，尤其是父子之間，重新建立更為人性化的親子關係，為時已不遠了！
>
> （曹又方，1995。）

除了親子關係，性教育的正確倡導也在我們的社會裡成為另一項重要的人性教育課題。警幻口中的「意淫」曾經是學者和作家討論的重要觀念。康來新教授對警幻的意淫有如下的公式：

> 警幻說法的「淫」（意淫）卻是
> 諸好的匯流，淫（意淫）等於
> 色＋情（或＝形＋神，肉＋靈，
> 外＋內），淫（意淫）等於悅＋
> 戀（或＝賞＋愛，美＋善，藝＋
> 德）。

警幻，集理性與感性於一身的愛情女神，她提醒寶玉，性愛（淫）不是一件壞事，而是兼具智慧與感性，由心理到生理，由欣賞到愛戀的過程，是一種藝術，同時也是一種道德。這就是寶玉和賈璉、賈赦、賈珍等人之低級的淫慾不同的地方。關於「意淫」，謝鵬雄說：

> 他（寶玉）是一個，將性情與
> 性慾混為一談，在懵懵懂懂之

警幻，集理性與感性於一身的愛戀女神。

中，卻也對性之為物有些直覺的感覺的人。

曹雪芹創造了這麼個人物，對世俗之事反批判，對自然之事（性欲）有彈性。

寶玉的意淫與性慾，在曹雪芹的筆下，相當不安定、複雜而多元，就如自然本來就多元而複雜。

（謝鵬雄，1994。）

寶玉對秦可卿的迷惘、對薛寶釵的遐思、對林黛玉的心儀、對襲人的親密和對晴雯的寵愛，都是心理、感情、意念等多元互動下的微妙產物，也是自然生發的事情，和賈府中其他男子沒有愛的性慾不同，因此特稱為「意淫」。曹雪芹創作《紅樓夢》時已經意識到性愛是精神到生理上的和諧：

曹雪芹對性的了解是非常徹底的。

而大觀園，其實就是性的專家警幻仙姑用來講解性的微妙的「太虛幻境」。所以稱「太虛」，因為奧蘊很深，觸之似無物，究之終不盡也。

（謝鵬雄，1994。）

藝術的美感在於符合生命本身活躍的律動，使讀者對自身生命也衍生了無窮的開發與追尋。《紅樓夢》貫通不同時代的社會生活，也概括了人類喜怒哀樂的各種情緒，它是極符合人類生命活動形態的一

部藝術作品，因此滿足了許許多多欣賞者對生命的欲求和幻念。它對於欣賞者的潛移默化是以藝術形式完成提供讀者本能的感應、吸收與融會，人們閱讀《紅樓夢》，可以直接感受到自我內在的生命力，以及身體與心靈之間存在著某種天然的和諧，於是我們能從書本中達到詮釋自我的目的。

作家衣若芬曾經在二十歲時舉行了一場「青春祭」，為哀悼失去的天真年華。那時她的心情是：

則為你，如花美眷，似水流年，是答兒閒尋遍，在幽閨自憐。

紅樓夢裡黛玉聽到《牡丹亭》的戲文：「則為你如花美眷，似水流年」，「不覺心動神搖」，「站立不住」，再想起古人詩中有「水流花謝兩無情」之類的句子，「湊聚在一處，仔細忖度，不覺心痛神癡，眼中落淚」，彷彿是頓悟了花開花落恰是處於一頂峰的生命本質，明瞭年少青春之不可久恃，歡樂時光之不能長

留，更難以負荷這人生無常的大悲。

（衣若芬，1995。）

這是林黛玉心情的剖析，同時也是作者心境的寫照。她在自己二十歲那天深深感受到燦爛的人生如此短暫，很快的，人們必須付出成長的代價——成人世界的虛偽和欺騙。因此她穿上一身喪服似的黑衣裙，憑弔永不實現的少女青春夢幻。此時她感受到林黛玉葬花的悲悼心情。另一位中文系出身的作家方杞，則在從事授業解惑多年之後，發現自己華髮如霜，直接體會到〈葬花詞〉內容的深意：

> 悚然而驚之餘，這纔知道人生真如朝顏一般易開易謝——時命苦短，而年華易逝，到終了誰也不免一納頭栽進土裡，千年萬世同歸陰冥。

> 無怪乎曹雪芹一部《紅樓夢》，千言萬語，總繞著「夢」「幻」兩字打轉，要警醒那世上風塵碌碌錦衣紈褲之徒；寫到黛玉葬花，更是直陳人生最真實的歸宿，勸那世人切莫執迷——一朝春盡紅顏老，花落人亡兩不知。

（方杞，1993。）

作家們體驗萬物消長的過程往往和曹雪芹有著共同的感觸，當年芝加哥公牛隊的喬登、皮朋、羅德曼等世界頂級的籃球選手即將退休之際，象徵著一時多少豪傑的「公牛王朝」也面臨曲終人散。長期觀察NBA，同時也倡導運動文學的作家徐望雲，不由得感歎：「誰都不忍這個漂亮的黃金組合輕言解散，一如初讀《紅樓夢》時，總希望寶

紫鵑

世間的生命，從能言善道，到沉默無語，呈現的無非是「無常」的悲劇。

玉和黛玉的綿綿情韻能在賈府那幽長的迴廊與書頁間，持續流轉，不要斷去！」（徐望雲，1997。）然而公牛隊迅速的年輕化，勢必讓它將第六座、第七座，甚至於第八座、第九座……總冠軍的獎杯拱手讓人。徐望雲在〈看公牛、讀紅樓〉一文中說：「王朝悠悠，人間猶有未了情！」「人世間，原來多的是類似《梅花》、《紅樓夢》這般的況味吧！」人們在內心深處與故事達到共鳴效果的審美體驗，還有趙淑俠〈恰似遮不住的青山隱隱〉，其篇名來自賈寶玉的〈紅豆詞〉，這篇文章同樣也為人生匆匆、世事無常抒發了艮深的感觸：

> 世間的生命，從能言善道，會利用時機創造歷史的人，到沉默無語，根深屹立的花樹，呈現的總是「無常」的悲劇。

> 歲月隨著流水逝去，當你有天蓦然回首，竟發現自己已是個牢固似鐵的百年身，除了死心

塌地的往前走，再也沒有第二
條路。

（趙淑俠，1992。）

趙淑俠在瑞士蕾夢湖畔，放眼脈脈
青山，正像人間傾訴不盡的悲歡，綿綿
無絕。作家的生活經歷和特殊情緒雖屬
個別，然皆與《紅樓夢》中象徵性的普
遍意蘊建立起邈遠的聯繫情誼，作家們
不僅在情感上找到了詮釋的註腳，同時
也在創作上得到靈感與啟發。

有別於趙淑俠常年定居於歐洲的
遊子心情，黃碧端的紅樓生活美學書寫
來自人生的旅遊片段，〈我打江南走
過〉是在青埔的「大觀園」中看到兩岸
遊客的表現，因大失所望而抒發的文
章：「青埔的大觀園，不見十二金釵、
不見寶玉、秦鐘，園裡走的是焦大、劉
姥姥。」「大觀園的裡裡外外，走著賈
寶玉想趕出園子的人物。」（黃碧端，
1993。）大觀園是曹雪芹以詩情畫意創
造出來的水榭樓閣，背後隱藏著反禮教
的人文精神。對於黃碧端而言，無產階
級建立起貴族庭園來，充斥著可口可樂

惜春所描繪的大觀園與現代新築成
的大觀園，究竟有多大的落差？

與粗糙的紀念品，衣著古板、姿態不雅的遊人，使人傷感大觀園這座文化殼子不能沒有觀光客的購買力作為經濟後盾，作家難掩的失望之情真是溢於言表了。《紅樓夢》同許多詮釋者的當代生活達到各種經驗的聯繫，所幸過去曹雪芹試圖分辨的無常之感、嘗試突破的性觀念和禮教的束縛，如今都已成為我們心中不滅的真理。

（三）無事忙

有些作家運用戲謔的筆調、暗喻的手法，將《紅樓夢》轉化為自己的文字遊戲，而不與一般古今看法聯繫，屬於自己所開掘出來的文學歧途，如清末學者譚獻所謂：「作者之用心未必然，而讀者之用心何必不然。」以文風奇特的管管為例，他的兩篇有關《紅樓夢》的散文〈蝨子〉與〈食蛆圖〉都是非常怪異有趣的文字。〈蝨子〉裡面說林黛玉和賈寶玉成天在瀟湘館裡玩蝨子，而襲人、晴雯、紫鵑則幫寶哥哥和林妹妹養蝨子。

> 這樣寶玉黛玉一天到晚沒事做就養蝨子玩，把餵得飽飽的蝨子放在棉被上看蝨子們賽跑看蝨子們打架，他們把蝨子放在平坦的棉被上一個一個排好一聲號令，看誰的蝨子跑得快誰就贏……就像鬥蟋蟀一樣，真是熱鬧非凡。
>
> （管管，1985。）

最後連小戲子芳官、最愛乾淨的妙玉也玩起蝨子來：

> 整整玩了一下午，臨走他們還送了好多隻蝨子叫她帶回去養，妙玉一個人怪冷清的，有幾隻蝨子作作伴，晚上念經也不會

打盹兒，真沒想到一隻小小的蝨子會有這麼大的用處，連曹雪芹都沒想到，要不他就寫進石頭記裡去了。可是話又說回來，曹雪芹晚年就靠著賣蝨子維生！這倒是後話了。

管管寫詩之餘受到菩提的鼓勵而開始創作散文，他的散文被孫如陵主編評為「文氣不通」，卻為王鼎鈞主編所賞識。文中的蝨子，可以視為某種處境的暗喻，亦可以說是管管認為《紅樓夢》非得這樣子玩一玩才有趣！文章以一種諷刺性的諧謔筆調，與管管向來的奇崛文風相映成趣。另一篇〈食蛆記〉就更加新奇！竟然是沈三白寫給亡妻林黛玉的情書，而且演變成一齣殉情記：

現代作家閱讀《紅樓夢》亦帶著各式各樣的獨具魅力的深情眼光。

玉兒我一定要跟你去的，我已經好幾天不食人間煙火了。知道吧我在吃你呢，那天我突然發現，你身上已經生了一些蝨子，白白胖胖的，這是你的化

身呀……你放心老王會為我們料理好的，一把火為我們燒得
乾乾淨淨，如果下雪該多好，大雪一埋，一片白，甚麼也沒
留下，只留下了上天下地一片白。

（管管，1985。）

可好事的老王還是為他們留下了墓碑，是沈三白與林黛玉的「情
種之墓」。也許錯亂、不通的管管真心認為嬌驕女林黛玉與人間好
丈夫沈三白，才是幸福生活的疊影。他們可以在冬天夜裡孤星數點之
下，擁被賞梅、數繡被上重重疊疊的鴛鴦、偷摘別人家院子裡逾牆出
來的香梨，卻因狗吠而和牆內的退隱老者成了忘年朋友，或學學林和
靖梅妻鶴子，收留一隻小野貓當書僮……。林黛玉若真能過此平凡的
夫妻生活，何妨告別大觀園這傷心地。管管深情如此！亦不妨封他為
情癡、情種了。

作家閱讀紅樓文本的經驗，猶如當年曹雪芹創作《紅樓夢》時
一樣重要。在現代文學理論中，寫作與閱讀均被視為一種社會活動。
作家對《紅樓夢》的感性閱讀與想像，存在著不少重新發現的意義。
現代女性文學因為大抵言情，因此比較缺乏學院評論家口中的社會意
識，或許反而因此更貼近了大觀園中的閨閣情態。她們所擁有的是某
種不甚精深的社會經驗，和不走極端的女性自覺，並且以開放的心靈
與熱愛生活的態度，在大觀園裡吸取了無數的人生閱歷，以為現代人
生活與思維的參照系。

大陸學者任一鳴將台灣的女性文學與大陸作品進行比較，指出前
者趨向於：

展現普通人的高雅情趣，寫平
平常常的日常生活：交友、栽
花、逛市、旅遊、野餐……
她們的作品都給人以閒適淡泊
的享受，抒情意味濃厚……是
成功者的感懷以及成功的回味
與回眸；物質的豐裕和自我的
解放，以及感情的得以渲瀉之
後，使這一內涵的女性文學向
靜態化、淡泊化發展，即冷靜
地、客觀地表現生活，開掘人
生的意義，讓人切切實實感到
燈紅酒綠的表象下，有著人類
更內在的東西：精神需要。

（任一鳴，1997。）

台灣現代作家對於古典藝術的接受
與再創作，展現了淡泊高雅的生活
情趣。

相較之下，大陸的女性文學較常觸
及生活的奮鬥與磨難，以及社會和人生
的重大主題。台灣戰後五十年來，由於
社會的穩定與富裕，使得台灣的女性文
學趨向淡泊高雅的生活情趣發展，不僅
與工農兵文學、傷痕文學風格迥異，同
時也是台灣社會中的一股清流。其性質
與《紅樓夢》中的閨閣生活接近，有著

客觀冷靜同時又善解人意的感性，是物質基礎向上翻出一層精神生活的追求。這種文學環境所產生的紅樓書寫經驗，自然有別於紅學傳統索隱派微言大義式的競賽。她們對紅樓文本的解釋不是在文本的確定意義中去發現（這是索隱或考證的研究），而是將紅樓體驗作為生活過程的延伸，它的意義不在於對紅樓文本的挖掘，而是以讀者或紅迷的身份與《紅樓夢》文化進行互動，共同來完成其文本的豐富意涵。

　　關心《紅樓夢》生活美學的現代作家，或將原著中的飲饌服飾加以歷史性的說明，成為《紅樓夢》與現代讀者之間的感官中介，俾使現代讀者理解清初貴族生活的況味。也有作家將《紅樓夢》中的社會規範、人情之常轉化為現代生活處世的智慧；然而「無事忙」的遊戲筆墨卻更令人耳目一新！《紅樓夢》亦名《風月寶鑑》，意在以「風月筆墨」為鑑，提醒世人韶華易逝、好景不常。現代作家超越了「風月寶鑑」的旨趣，向更廣闊的詮釋與解構權力挑戰，與一九八〇年代以來社會的解嚴與文學的商品化、多元化等現象相映成趣。歷來蘊含深刻的作品都將成為社會性的象徵符號，供賞玩者填充更廣泛的人生體驗與感懷。《紅樓夢》的開放性藝術架構使我們的生活文學領域更加豐富與多元，而這些現代作品又成為讀者與古典文學之間，具有導讀性和啟發性的橋樑。它們突破原著本意的拘圄和其內容構築的意識壁壘，使紅樓文化在台灣的文學社會裡不斷地嬗變及擴充其意蘊，在此意義層面上，這些作品正與原著的內容進行著信息的遞移。即使曹霑本人也不能拒絕這些作品對《紅樓夢》意識思想的介入，因為這樣的信息交換，甚至以實際的生活形態與之互動，正是《紅樓夢》乃至所有古典名著在人類社會裡源源流動的藝術活力。

《林黛玉的異想世界》圖片來源

百年孤塚葬桃花——曹氏祖孫的告別美學

三月中浣時節，寶、黛共讀《西廂》，打開了生命中愛情的詩篇。

《西廂記》插圖

「葬花」做為一種「告別儀式」，是根據個人經驗？抑或前有所本？

《論紅樓夢——歷史文化的全息
圖像》李劼著

明代以來，文人的理想生活體現在細柔清淡的吳趣品味上。

明・仇英《臨宋人畫》

從唐寅的桃花庵，到曹寅的楝亭，以及曹雪芹筆下的大觀園，文人雅聚的美學
再現與文本互涉，經常與作家個人的身世感懷密切相關。

《論紅樓夢——歷史文化的全息
圖像》李劼著

大觀園裡的第三次葬花，發生在清明剛過寶玉生日時。這一次的女主角是恰好
來到園內鬥草的香菱。　　　　　　　　同上

寶玉在自己生日這一天，親手將象徵女性青春的花朵以儀式性的手法埋葬，暗示
了大觀園裡的歡笑即將天涯飄零的悲劇宿命。　　同上

明清之際，江南文士以葬花作為告別青春與愛情，自傷身世與不遇的象徵性儀式。

同上

琴觀／情關——林黛玉的音樂與愛情

《紅樓夢》第八十六回「寄閑情淑女解琴書」寫林黛玉撫琴。

《琴韻風流》易存國著

減字譜是用漢字減少筆畫的方法，將左右手的指法及音位等相關說明文字，減
省筆畫後再加以組合而成的一連串符號。　　《神奇秘譜・長清》

若要彈琴，必擇靜室高齋，或在層樓上，或在林石間，或在山巔上，或在水涯間，於風清月朗之際，靜心養性。　　　　　明‧仇英《桃園仙境圖》

文人自來只在遇知音，逢可人，對高士，處高堂，與山水契合，同知音交心的清雅環境中，才願以雅樂自娛娛人。　　　　　北宋‧趙佶《聽琴圖》

賈寶玉的至情至性，發揮在「玩」字上，拓展出了新的意境。

　　　　　　　　　　　　　　《論紅樓夢——歷史文化的全息
　　　　　　　　　　　　　　圖像》李劼著

孔子云：「游於藝。」莊子曰：「逍遙遊。」晉代陶淵明亦有〈閑情賦〉，說明文化本身就是悠閒的藝術。　　　　　元‧王振鵬《伯牙鼓琴圖》

在《三國演義》裡，諸葛亮瑤琴三尺勝雄師。　《琴韻風流》易存國著

林黛玉以個人疏卷自若、體態尊重的儀態，體現了琴學的理想境界。

　　　　　　　　　　　　　　明‧佚名《千秋絕豔》

傳統戲曲中的才子佳人停留在膠漆男女、連絡情意上為滿足，至《紅樓夢》才以「知己」的觀念寫出使愛情堅實不滅的基礎。

　　　　　　　　　　　　　　《西廂記》插圖

黛玉意識到和寶玉的知己之情，不覺驚喜交集，又難免悲歎愈切。

　　　　　　　　　　　　　　《琴韻風流》易存國著

寶、黛的生命情境在曹雪芹的眼中，既是「情癡情種」，又是「高人逸士」。

　　　　　　　　　　　　　　《論紅樓夢——歷史文化的全息
　　　　　　　　　　　　　　圖像》李劼著

置之千萬人之中，其聰明靈秀之氣，則在千萬人之上；其乖僻邪謬不盡人情之態，又在千萬人之下。　　　　　同上

林黛玉以無射律清吟：之子與我兮心焉相投，思古人兮俾無尤。

　　　　　　　　　　　　　　《琴韻風流》易存國著

在客觀環境中，薛寶釵才是賈寶玉婚姻問題上，顧及家世利益的不二人選。

　　　　　　　　　　　　　　明‧陳洪綬《撲蝶圖》

古來才子佳人往往藉瑤琴訴相思、在弦上傳心語。

　　　　　　　　　　　　　　《論紅樓夢——歷史文化的全息
　　　　　　　　　　　　　　圖像》李劼著

古人感嘆知音難尋，在炎涼的世態中尋覓相同人生價值的密友，畢竟不是容易
的事。　　　　　　　　　　　　　　　　明・張路《聽琴圖》

歷代文人以「撫琴」暗示男女悅慕，以「琴絲」隱喻「情思」者，不絕如縷。
　　　　　　　　　　　　　　　　　　　《琴韻風流》易存國著

李白〈聽蜀僧濬彈琴〉。　　　　　　　　清末如山書刻石

康熙南巡，曹寅四度接駕的繁華勝景，已藉《紅樓夢》極力表述。
　　　　　　　　　　　　　　　　　　　《論紅樓夢──歷史文化的全息
　　　　　　　　　　　　　　　　　　　圖像》李劼著

《禮記・學記》：「不學操縵，不能安弦。」　《太音稀聲》易存國著

學琴者須先知調音，才能安弦成曲。　　　同上

古琴。　　　　　　　　　　　　　　　　清宮藏琴：唐「大聖遺音」

《碣石幽蘭調》。　　　　　　　　　　　唐人卷子中的《碣石調・幽蘭》

妙玉在林黛玉弦音的更張上，悟出了盛世將頹的預兆。
　　　　　　　　　　　　　　　　　　　《論紅樓夢──歷史文化的全息
　　　　　　　　　　　　　　　　　　　圖像》李劼著

賈寶玉至梨香院請齡官唱曲。　　　　　　同上

文人在翠竹間撫琴。　　　　　　　　　　清・禹之鼎《幽篁撫琴圖》

妙玉與寶玉在瀟湘館外聽琴。　　　　　　清・紅樓夢插圖《雙玉聽琴》

一場繁華憑誰訴？　　　　　　　　　　　明・杜堇《仕女圖》

昨日，當我年輕時──三三文學與《紅樓夢》

閱讀活動本身就是一種再創作，隨著讀者的思維與視野，有時也與時代氛圍密
切相連，使得經典成為有生命的文本。　　《論紅樓夢──歷史文化的全
　　　　　　　　　　　　　　　　　　　息圖像》李劼著

中國文學批評中的「玩味說」、「妙悟說」與「興趣說」，都是在讀者參與文本
的閱讀活動中所產生的解讀理論。　　　　同上

現代青年學子的聚合與古時的文人雅會，有許多相似之處。
　　　　　　　　　　　　　　　　　　　清・梁士《雜畫冊》

三三文學社團閱讀古書，也學習古樂。　　　　　　唐・蘇思勖墓樂舞壁畫

大觀園中諸女子尚有許多是活潑的，《紅樓夢》所欲表現的就是這種活潑自然

的天機。　　　　　　　　　　　　　　　《論紅樓夢——歷史文化的全

　　　　　　　　　　　　　　　　　　　　息圖像》李劼著

相知相愛而不能偕老，應是人間最大的憾恨。　同上

莊子：「無聽之以耳而聽之以心。」看到一個人表面的形，不算認識他，要體會

出其形體背後的象與意，那才是見到了真人。　明・陳洪綬《蕉蔭聽琴圖》

現代作家解讀紅樓女性時，不僅停留在她們的風姿綽約上，更留心觀察人物之

間非尋常的關係。　　　　　　　　　　　清・康濤《華清出浴圖》

掉進考據之學，就像是做了一場迷夢。　　　明・陳洪綬《斜倚熏籠圖》

尤三姐的一抹英氣，柳湘蓮可曾識得？　　　《論紅樓夢——歷史文化的全

　　　　　　　　　　　　　　　　　　　　息圖像》李劼著

鴛鴦的一生，也是為了求一個絕對。　　　　同上

《紅樓夢》看似隨意書寫大觀園的風光，然而每個一事件的串聯，卻早已在無

形中成就了人生的巨大課題。　　　　　　同上

《紅樓夢》不像是一部書，倒像是一場恍惚迷離的夢。

　　　　　　　　　　　　　　　　　　　同上

現代人亦樂見《紅樓夢》裡青春可愛的俏姑娘。

　　　　　　　　　　　　　　　　　　　同上

晴雯也是至情至性之人。　　　　　　　　同上

胡蘭成。　　　　　　　　　　　　　　《凝視張愛玲》羅瑪著

張愛玲的小說集《傳奇》。　　　　　　　《傳奇增訂本》封面，1947 年

　　　　　　　　　　　　　　　　　　　出版。

如果讓命運自己來編，或許不是那麼回事。　《論紅樓夢——歷史文化的全息

　　　　　　　　　　　　　　　　　　　圖像》李劼著

任落，成泥，心老。一切也不再知道。　　同上

寶玉的小爺們性情，怡紅院裡的青春女兒最知道。

　　　　　　　　　　　　　　　　　　　同上

張愛玲的英文小說《秧歌》。　　　　　　英文小說《秧歌》(The Rice-

　　　　　　　　　　　　　　　　　　　Sprout Song) 封面

三三作家與大觀園裡的青春男女具有同樣浪漫的生命特質。

《論紅樓夢──歷史文化的全息
圖像》李劼著

從白先勇到蕭麗紅──小說家的紅學觀

從三〇年代的上海到六〇年代的台北，商業化的浪漫愛情故事成為紅樓文本的
延伸。　　　　　　　　　　　　　　《金陵十二釵仕女圖冊》

「傳統，在我們的血液裡。」白先勇說。　　《全本紅樓夢》孫溫等繪

「不管怎麼寫，還是重複著老祖宗說過的話。」《名家圖說李紈》胡文彬等著

鳳姐這個人，三言兩語很難講清，曹雪芹設了很多條線，多方面反映出她是怎
麼的一個人。　　　　　　　　　　　《全本紅樓夢》孫溫等繪

鳳姐死前懇求劉姥姥的一幕，對照劉姥姥一進榮國府時，王熙鳳不可一世的高
姿態，叫人不得不感嘆世事無常。　　　　同上

焦大只出場兩次，第一次就對賈珍下了道德判斷。

《戴敦邦緣畫紅樓錄》戴敦邦繪

聽著悽涼的笛音，真有曲終人散的悲涼感。　《改七香紅樓夢臨本》改琦繪

身為男人，白先勇和賈寶玉一樣，對於女性心理有深切的理解。

《李菊儕石頭記畫冊》

〈遊園驚夢〉「以戲點題」的藝術手法源自《紅樓夢》。小說以《牡丹亭》提醒
世人彩雲易散，歲月無常。　　　　　《戴敦邦緣畫紅樓錄》戴敦邦繪

賈寶玉和蔣玉菡之間有顯見的同性之愛。　　同上

林黛玉的〈葬花詞〉是一片感傷主義的氾濫。　同上

賈寶玉的形象在現代主義作家眼中，無疑是「家變」與「孽子」的典型。

同上

黛玉一句「真真好笑！」都是綜合了她的年齡、氣質與籍貫三者，才寫出來的
絕妙好詞。　　　　　　　　　　　《增評補圖石頭記》

寶玉一步步走去，通過憂患與勞苦，是為了證實悲劇哲學的寓言？

《戴敦邦緣畫紅樓錄》戴敦邦繪

整個生命是黑暗陰冷的，那一圈繞行只是暫時的舒服。

《紅樓夢冊頁》汪圻繪

春天花蕊啊，為春開了盡……。　　　　《金陵十二釵仕女圖冊》

中國是有「情」境的民族，情字這樣大，是隔生隔世，都還找著去的。

同上

反認他鄉是故鄉──日據時期的才子文人的紅樓美學

對於日據時期的台灣讀者而言，《紅樓夢》既是一部傳統小說，又是一部外來
文學。(圖為同時期吳岳仿王小梅的畫作。)　　《增評補圖石頭記》

自然主義作家讚賞《紅樓夢》將人生世事的真相赤條條地暴露出來。

《戴敦邦緣盡紅樓錄》戴敦邦繪

呂赫若的作品如同《紅樓夢》，其間最大的特色是從家族書寫入手。

《中國美術全集》

《紅樓夢》的家族人倫位階，與呂赫若小說中的孝道思想，都是古典藝術精神
的體現。　　　　　　　　　　　　　　同上

小說家對於女性形象的塑造，經常著重於突顯她們對自我命運的積極追求。

《增評補圖石頭記》

葉石濤從紅樓女性美的角度欣賞自己的女友。　清《仕女圖》

日本紅學家視《紅樓夢》為一部追求女性美的小說。

《金陵十二釵仕女圖冊》

優秀的文學作品往往紮根於作家的現實生活。　同上

「耽美」的藝術風格是葉石濤創作浪漫小說的動力。

《紅樓夢冊頁》汪圻繪

美的生活與沉思──《紅樓夢》與散文作家的遇合

曹雪芹為閨閣昭傳。　　　　　　　　《論紅樓夢──歷史文化的全息

圖像》李劼著

閨閣中本自歷歷有人，萬不可因我之不肖，一併使其泯滅也。

同上

女性文學一再描摹出細膩的感官體驗。　　　清‧吳友如《吳友如畫譜》

女人，是文學的故鄉。文學家以其無限的憧憬想像女人。

《論紅樓夢──歷史文化的全息
圖像》李劼著

林黛玉內心深處潛藏著一首絕美的詩──她的愛情。

同上

曹雪芹對於十二金釵的工筆彩繪，給予現代作家很大的啟發。

清‧佚名《仕女圖》

文學女人外表孤傲，內心火熱，對於世態人情的掌握顯得幼稚拙劣，提起筆來
卻又靈感泉湧。　　　　　　　　　　　清‧改琦《紅樓夢圖咏》

女強人王熙鳳。

《論紅樓夢──歷史文化的全
息圖像》李劼著

才德兼具的賈探春。　　　　　　　　　同上

林黛玉曾以《五美吟》道出自己孤癖絕決的心境。

明‧佚名《千秋絕豔》

女性的心機隱藏在每一個細微的肢體語言中，引發讀者無限的解讀趣味。

《論紅樓夢──歷史文化的全息
圖像》李劼著

為人的自信與清高，有時也需要做出明顯的分界。

同上

史湘雲的活潑、自然與樂觀，成為現代人最為欣賞的人格特質。

同上

「純真」的表現，很可能是女人美麗與可愛的關鍵。

同上

《紅樓夢》隱含了女性柔和的工作美學。　　　同上

無論是「十二金釵」或「九美圖」，都是記憶中最美麗的聚會。

清‧焦秉貞《仕女圖冊》

賈寶玉與花襲人嘔氣，反而領悟了《莊子》的意境。

《論紅樓夢──歷史文化的全息圖像》李劼著

賈寶玉最終脫離了生活之欲，飄然隱遁，與甄寶玉形成了對照。

同上

清代小說《紅樓夢》與《浮生六記》裡，閨房總有既可傳情表意，又清香、細緻的點心。

清‧楊柳青年畫

愛情、疾病與死亡，是古典女性文學經常表現的主題。

《論紅樓夢──歷史文化的全息圖像》李劼著

白茫茫的冰雪世界裡，十樹枝紅梅花牽惹出妙玉火焰般的情慾，又是那樣的純淨潔白。

《中國美術全集》

儒家傳統倫常觀也反映在《紅樓夢》裡讀書做官的人物身上。

《論紅樓夢──歷史文化的全息圖像》李劼著

警幻，及理性與感性於一身的愛戀女神。

同上

則為你，如花美眷，似水流年，是答兒閑尋遍，在幽閨自憐。

清‧任熊《姚大梅詩意圖》

世間的生命，從能言善道，到沉默無語，呈現的無非是「無常」的悲劇。

《論紅樓夢──歷史文化的全息圖像》李劼著

惜春所描繪的大觀園與現代新築成的大觀園，究竟有多大的落差？

《論紅樓夢──歷史文化的全息圖像》李劼著

現代作家閱讀《紅樓夢》亦帶著各式各樣的獨具魅力的深情眼光。

同上

台灣現代作家對於古典藝術的接受與再創作，展現了淡泊高雅的生活情趣。

《中國美術全集》

世紀映像叢書

世紀映像叢書

國家圖書館出版品預行編目

林黛玉的異想世界——紅樓夢論集 / 朱嘉雯著.
-- 一版. -- 臺北市：秀威資訊科技, 2007.10
面；　公分. -- (語言文學 ; PG0153)

ISBN 978-986-6732-29-4(平裝)

1.紅樓夢　2.研究考訂

857.49　　　　　　　　　　　　　96020079

語言文學　PG0153

林黛玉的異想世界——紅樓夢論集

作　　者 / 朱嘉雯

主　　編 / 蔡登山

發 行 人 / 宋政坤

執行編輯 / 黃姣潔

圖文排版 / 陳湘陵

封面設計 / 李孟瑾

數位轉譯 / 徐真玉、沈裕閔

圖書銷售 / 林怡君

法律顧問 / 毛國樑　律師

出版發行 / 秀威資訊科技股份有限公司

　　　　　台北市內湖區瑞光路583巷25號1樓

　　　　　電話：02-2657-9211　傳真：02-2657-9106

　　　　　E-mail：service@showwe.com.tw

2007 年 10 月　BOD 一版

定價：　250 元

讀者回函卡

感謝您購買本書，為提升服務品質，請填妥以下資料，將讀者回函卡直接寄回或傳真本公司，收到您的寶貴意見後，我們會收藏記錄及檢討，謝謝！

如您需要了解本公司最新出版書目、購書優惠或企劃活動，歡迎您上網查詢或下載相關資料：http:// www.showwe.com.tw

您購買的書名：_____

出生日期：_____年_____月_____日

學歷：□高中 (含) 以下　　□大專　　□研究所 (含) 以上

職業：□製造業　□金融業　□資訊業　□軍警　□傳播業　□自由業
　　　□服務業　□公務員　□教職　　□學生　□家管　　□其它_____

購書地點：□網路書店　□實體書店　□書展　□郵購　□贈閱　□其他

您從何得知本書的消息？

　□網路書店　□實體書店　□網路搜尋　□電子報　□書訊　□雜誌
　□傳播媒體　□親友推薦　□網站推薦　□部落格　□其他_____

您對本書的評價：（請填代號　1.非常滿意　2.滿意　3.尚可　4.再改進）

　封面設計____　版面編排____　內容____　文／譯筆____　價格____

讀完書後您覺得：

　□很有收穫　□有收穫　□收穫不多　□沒收穫

對我們的建議：_____

_____

_____

_____

11466
台北市內湖區瑞光路 76 巷 65 號 1 樓

秀威資訊科技股份有限公司　　　收

　　　　　　BOD 數位出版事業部

....

（請沿線對折寄回，謝謝！）

姓　　名：＿＿＿＿＿＿＿＿＿＿　年齡：＿＿＿＿＿　性別：□女　□男

郵遞區號：□□□□□

地　　址：＿＿＿＿＿＿＿＿＿＿＿＿＿＿＿＿＿＿＿＿＿＿＿＿

聯絡電話：(日) ＿＿＿＿＿＿＿＿＿　(夜) ＿＿＿＿＿＿＿＿＿＿

E-mail：＿＿＿＿＿＿＿＿＿＿＿＿＿＿＿＿＿＿＿＿＿＿＿＿